니콜로 장편소설

FUSION FANTASTIC STORY

마왕의 게임

마왕의 게임 11

니콜로 장편소설

초판 1쇄 찍은 날 § 2016년 5월 12일
초판 1쇄 펴낸 날 § 2016년 5월 19일

지은이 § 니콜로
펴낸이 § 서경석

편집책임 § 조현우

펴낸곳 § 도서출판 청어람
등록번호 § 제387-1999-000006호
등록일자 § 1999. 5. 31
어람번호 § 제1-2430호

주소 § 경기도 부천시 원미구 부일로 483번길 40 서경B/D 3F (우) 14640
전화 § 032-656-4452 팩스 § 032-656-4453
http://www.chungeoram.com
Email § chungeorambook@daum.net

ISBN 979-11-04-90802-6 04810
ISBN 979-11-04-90396-0 (세트)

GAME OF GOBLIN

11

니콜로 장편소설

FUSION FANTASTIC STORY

마왕의 게임

도서출판 청어람

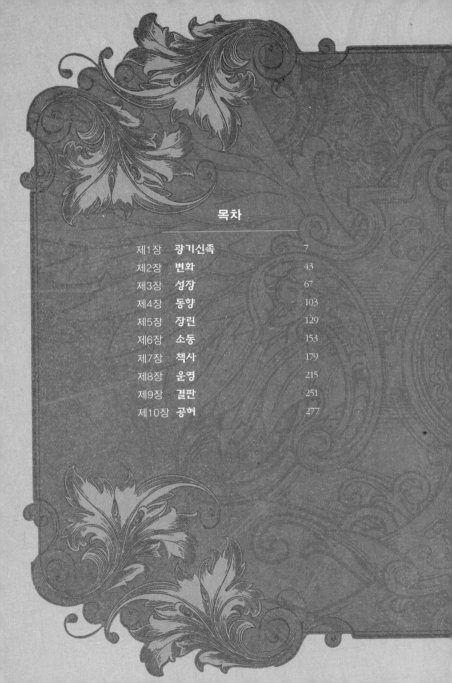

목차

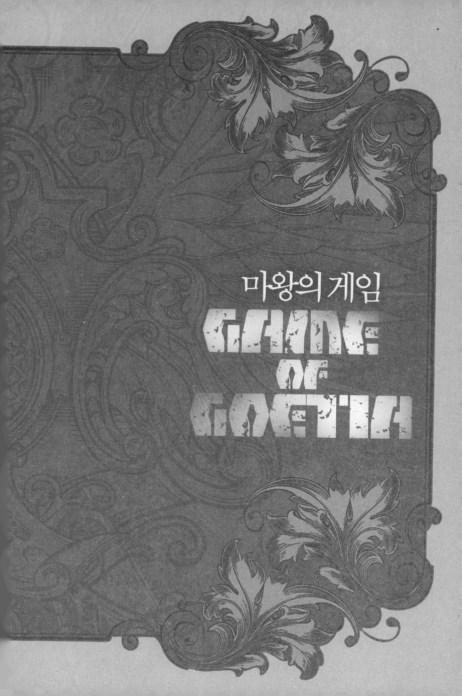

제1장
광기신족

8강전 1경기, 이신 대 최영준.

대한민국에서 활동하는 모든 프로게이머 중에서 단 8인만이 살아남았다.

단연 앞으로 남은 경기는 모두 빅 매치였고, 그중에서도 이신과 최영준의 대결은 많은 관심을 불러 모으고 있었다.

—두 사람이 다시 만났습니다. 오랫동안 세계 e스포츠를 지배해 온 이신 선수와 포스트 이신을 꿈꿨던 또 한 명의 천재 최영준 선수입니다!

—지난번에는 최영준 선수가 3 대 0으로 완패를 당하면서 모두에게 충격을 주었죠.

―예, 그렇습니다. 모두가 마음을 졸이며 지켜보았던 대결이거든요. 작년에 프로리그에서 보여주었던 최영준 선수의 포스는 그 정도로 위험했습니다. 이신이라 하더라도 못 이길지도 모른다는 불안감을 줄 정도로 말입니다!

―예, 하지만 뚜껑을 열어보니 3 대 0 완승. 이신 선수가 다시금 신이라는 벽이 얼마나 높은지 깨닫게 해준 계기가 되었습니다. 최영준 선수로서는 매우 자존심이 상했을 겁니다.

―그렇습니다! 아무리 상대가 신이라도 쌍영의 최영준이 한 세트도 못 이기고 격침당할 정도로 약한 선수가 아니었거든요!

―약하기는커녕 이신 선수 이후로 저런 엄청난 포스를 보여준 신예가 또 있을까 싶을 정도로 대단했고, 결국 쌍성전자가 프로리그 우승컵을 가져가는 데 지대한 공을 세우기도 했습니다. 그런 최영준이라면 지금 이 자리에서 보여주어야 합니다. 상대가 이신이라도 나를 무시할 수는 없다는 것을 말입니다!

최영준은 부스에서 자신의 장비를 꺼내 세팅하면서 흘깃 옆 부스를 바라보았다.

이미 세팅을 마친 채 테스트를 하고 있는 이신이 보였다.

언제나 그렇듯 저 잘생긴 얼굴은 평온한 무표정을 띠고 있었다.

자신과 달리 긴장감도 두려움도 없어 보였다.

'어떻게 저렇게 강할 수 있을까?'

수년간 구축한 이신의 절대성은 그의 패배를 전혀 떠올리지 못하게 만들었다.

최영준은 약해지려는 마음을 다잡았다.

얼마나 강하든, 꺾어야 한다.

저 사람을 꺾어야 한다.

누군가가 꺾겠지, 가 아니다.

'내가 꺾어야 해.'

승부욕 없이 이 자리까지 올 수 있을 리가 없었다.

이신이 그렇고 박영호가 그렇듯, 최영준 또한 강렬한 승부욕의 화신이었다.

지고서도 허허 웃으며 넘어갈 수 있는 무른 마음의 소유자가 아니었다.

'이신이 선택하는 종족은 인류 4, 괴물 1. 준비한 대로만 하면 돼.'

괜히 3종족이니 랜덤이니 하는 것에 현혹될 필요가 없었다.

결국 중요한 순간에 이신이 선택하는 종족은 인류였다.

그렇게 생각하며 최영준은 1세트에 임했다.

"최영준 선수, 준비되셨습니까?"

"예."

최영준은 이어폰을 꽂고 차음 헤드셋을 착용했다.

―Kaiser : Good game.

―rush―Joon : 굿 게임.

서로 인사를 나누면서도, 최영준은 아직 랜덤으로 되어 있는 이신의 종족이 신경 쓰였다.

어서 골라라.

내가 불안하지 않게.

최영준은 이신이 어떤 종족을 고를지 뚫어져라 쳐다보았다.

그냥 뜸들이지 말고 인류를 골라준다면 안심이 될 텐데.

얄밉게도 이신은 그런 최영준의 불안을 아는지 끝까지 랜덤을 유지했다.

그리고 카운트다운이 시작되자 비로소 이신이 종족을 골랐다.

[Kaiser : 괴물]

순간적으로 최영준은 당혹감을 느꼈다.

정말로 괴물을?

프로리그 경기에서 오성준을 상대로 랜덤을 골랐었다.

월드 SC 그랑프리에서 괴물을 골라 중국 선수 왕펑카이를 박살 냈었다.

그게 다였다.

이신의 괴물 플레이는 그 뒤로 소문만 무성할 뿐 실체가 없었다.

그런데 다른 상황도 아니고 개인리그 8강전, 최영준과의 일전이라는 중요한 경기에서 괴물을 꺼내든 것이다.

'첫 판부터?!'

최영준은 당혹스러운 마음을 가라앉혔다.

이 맵에서 괴물을 상대한 적이 없는 건 아니었다.

평소 하던 대로 하면 된다.

한편, 부스 밖의 관객석은 함성이 휩싸였다.

─이신 선수가 괴물을 골랐습니다!

─신족은 자주 플레이했지만 괴물을 공식 경기에서 고른 적은 처음이죠?

─그렇습니다. 일단 결과를 봐야 하겠지만, 이것으로 이신 선수가 3종족을 모두 고를 수 있다는 것이 증명되었습니다. 이거 네티즌들이 또 흥분으로 들끓겠네요.

─월드 SC 올스타전에서 선보였던 쐐기충 컨트롤일지, 아니면 특유의 마이크로 컨트롤을 극대화할 수 있는 치즈러시일지, 이신 선수가 무엇을 준비했는지 정말 기대됩니다!

─어찌 되었든 이신 선수가 그냥 변덕으로 괴물을 고른 게 아니라는 것은 확실합니다. 분명히 철저한 준비를 한 결과물일 거예요.

*   *   *

딱히 의외성으로 최영준을 당황시키겠다는 꼼수는 아니었다.

다만 다전제에 있어서 각 맵별로 전략이 수립된 최영준의 플랜을 첫 단추부터 잘못 끼우게 만들고 싶었을 뿐이다.

'뭐, 비슷한가.'

하여튼 다전제에서 아직까지 한 번도 져본 적이 없는 이신은 1세트가 얼마나 중요한지 잘 알았다.

1—0으로 스코어를 리드한 채 승부를 하면 다음 세트에서 더 많은 시도를 할 수 있고, 반대의 경우는 위험성 있는 과감한 전략이 배제될 수밖에 없었다.

그러기 위한 괴물 선택.

일단은 1—0으로 시작하겠다는 이신의 의지가 담긴 한 수였다.

'신족은 택하지 않을 거라고 생각했겠지.'

이것은 심리전이었다.

'기습적으로 괴물을 한 번쯤은 선보일 수 있다고 예상했겠지.'

이신의 특기 분야였다.

'사략기로 제공권을 장악하면 되니, 쐐기충은 배제할 수 있다고 판단했을 것이다.'

이신은 내심 미소를 지었다.

너무나 즐거운 시간이었다.

'제공권. 넌 그걸 장악할 수 있다고 생각했을 테지. 어디 한번 해보자고.'

초반.

서로의 빌드 오더를 탐색하는 시간이었다.

이신은 몇 마리의 바퀴를 활발하게 운용하며 정찰을 시도하는 신도를 모조리 커트했다.

이에 최영준은 사략기 1기를 뽑아 정찰을 단행했다.

최영준의 사략기가 이신의 진영을 쭉 둘러보았다.

쐐기충 둥지와 독침충 둥지가 모두 있었다.

쐐기충과 독침충 둘 중 무엇으로 가닥을 잡을지는 아직 알 수 없는 상황.

부화실에서 생산되는 유닛이 무엇인지를 봐야 알 수 있었다.

하지만 그때, 부화실에서 폭탄충이 대거 생산되었다.

사략기는 폭탄충 2마리에게 쫓겨 달아나기 시작했다.

—폭탄충에게 쫓기기 시작하는 최영준 선수의 사략기. 저게 격추당하면 안 되죠.

—예, 반면에 이신 선수는 어떤 유닛을 뽑는지 안 보여주기 위해 사략기를 쫓아낼 필요가 있습니다.

이신은 폭탄충을 다수 운용하면서 길목마다 배치해 사략기를 통한 정찰을 원천봉쇄했다.

그때였다.

—퍼어엉!

3면에서 길을 차단하며 덮쳐든 폭탄충에 의하여 사략기가 격추되었다.

—아! 이신 선수, 시작이 좋습니다!

—그런데 최영준 선수도 이쯤 되면 이신 선수의 의도를 제대로 파악해야 합니다. 폭탄충 숫자만 봐도, 이신 선수는 지금 제공권 다툼을 하고 싶은 거예요.

최영준은 사략기 생산을 늘렸다.

사략기와 광신도+거신병기의 조합으로 승부를 볼 참이었다.

이에 맞서는 이신의 조합은 쐐기충+폭탄충+촉수충+바퀴.

하지만 촉수충과 바퀴는 최영준의 지상군을 견제하는 방어수단일 뿐이었다.

이신은 쐐기충을 주력으로 생산했고, 과감하게 대량 운용하는 폭탄충으로 최영준의 사략기를 견제했다.

전운이 감돌았다.

사략기 편대가 폭탄충들에게 쫓겨 도망 다녔고, 어떨 땐 폭탄충들이 도망쳤다.

일합(一合)싸움이었다.

잘못하면 사략기들이 일순간에 격추당하고, 또 잘못하면 폭탄충들이 줄줄이 녹아버린다.

그리고 그것이 이번 1세트 승패를 크게 좌우할 것이다.

칼날 위를 걷는 듯한 긴장감이 감돌았다.

한 번의 실수, 전투의 패배가 곧장 승패로 직결될 아슬아슬한 상황이라 경기장 전체가 숨 막히는 긴장감이 휩싸였다.

—아, 정말 이신 선수의 경기는 이렇게 흘러가는 경우가 많죠?

─예, 그렇습니다. 일반적인 운영 싸움으로 흘러가게 놔두질 않습니다. 꼭 이렇게 스릴이 넘쳐요!

먼저 움직인 쪽은 이신이었다.

최영준의 미친 물량이 폭발하기 전에 적절한 견제를 가할 필요가 있었기 때문.

과감하게도 이신은 쐐기충 편대와 폭탄충 편대가 함께 최영준의 본진으로 불쑥 침투했다.

─쐐애액!

─쐐애액!

─퍼엉! 펑!

쐐기충들이 자원을 채집하던 신도들을 사냥하기 시작했다.

캐논포가 하나 설치되어 있었지만 무시하고 계속 신도를 잡았다.

그리고 폭탄충은 근처에서 학익진 형태를 띤 채 도사리는 상황.

─어어! 저렇게 당하면 안 되죠! 최영준 선수도 맞서야 합니다!

─사략기 편대가 갑니다! 하는 수 없이 가는 거죠!

최영준의 사략기 편대가 본진을 구하기 위해 들이닥쳤다.

그리고 폭탄충, 쐐기충과 뒤얽힌 공중전이 벌어졌다.

폭탄충 떼가 덮쳐오자 즉시 후퇴하는 사략기들.

사략기들은 캐논포가 다수 설치된 쪽으로 유인하려 했지만 폭탄충은 쫓아가지 않았다.

대신 사략기가 생산되는 소환관문에 폭탄충을 2마리씩 배치했다.

절묘한 타이밍.

사략기가 생산되자마자 폭탄충들에게 격추당했다.

—와아! 어떻게 한 걸까요? 사략기가 딱 생산 완료되는 시간에 폭탄충을 보내서 터뜨렸습니다!

—본진 침투했을 때 소환관문에 새로 불이 들어오는 걸 보았겠죠. 근데 그걸 기억하고서 초단위로 시간을 계산했다는 점이 아주 무섭습니다. 저런 엄청난 시간 감각이 이신 선수를 만든 거예요!

안 되겠다 싶었는지 다시 덤벼드는 사략기 편대.

거신병기들까지 우르르 몰려오는 바람에 이신도 후퇴했다.

하지만 그냥 물러서는 법은 없었다.

앞마당에서 다시 나타나 신도들을 살육하고 도망치는 것이었다.

그러는 동안 이신의 지상군 물량이 충분히 모여들었다.

이신은 충분히 모인 바퀴, 촉수충, 독침충 대군으로 최영준의 두 번째 확장 기지를 공격했다.

동시에 쐐기충 편대도 앞마당에 나타나 신도들을 습격했다.

최영준은 지상군을 총동원해 자신의 목숨줄 같은 확장 기지를 수비했다.

그리고 끈질기게 견제 플레이를 펼치는 쐐기충들은 사략기 편대로 맞섰다.

그때, 폭탄충들이 두 방향에서 덮쳐들었다.

—승부입니다! 아슬아슬한 곡예를 계속했던 공중전이 마침내 승부가 갈립니다!

—퍼퍼퍼펑! 퍼퍼펑!

이신의 불꽃같은 컨트롤!

그 짧은 순간에 이신은 폭탄충 2마리당 사략기 1기를 정확하게 지정시켰다.

그 결과는 사략기의 몰살로 이어졌다.

살아남은 불과 몇 기는 다수의 쐐기충들의 상대가 되지 않았다.

—이겼습니다! 이신 선수가 제공권을 장악했어요!

—이러면 최영준 선수가 정말 괴로워집니다! 견제를 좋아하는 이신 선수가 공중에서 마음껏 활개 칠 수 있게 되면 큰일 나거든요!

그때, 다수의 하늘군주가 최영준의 본진에 나타났다.

—맙소사! 드롭인가요?!

—결국은 제공권을 자신이 장악할 수 있을 거라는 확신을 갖고서 미리 수송 업그레이드를 해두고 있었습니다! 최영준 선수에게는 저 드롭을 막을 방법이 없죠?!

하늘군주가 촉수충과 다수의 바퀴 떼를 일제히 드롭했다.

최영준은 한숨을 쉬며 GG를 쳤다.

—최영준 선수 GG!

—이신 선수의 괴물 플레이! 어떤 종족이든 정말 자신만의 색깔은 그대로 가지고 있는 이신 선수입니다!

원하는 대로 1—0으로 스코어를 가지고 시작하게 된 이신.

승부는 이신의 플랜대로 순조롭게 출발했다.

*　　　　　*　　　　　*

최영준은 낙심한 얼굴로 선수 대기실로 돌아왔다.

"영준아, 너답지 않게 졌다."

하영훈 감독이 토닥거리며 말했다. 최영준은 고개를 끄덕였다.

"이상하게 말려서 이신이 원하는 싸움을 했어요."

아슬아슬한 공중전은 이신의 특기 분야.

이신과 기꺼이 공중전을 하는 선수는 아무도 없을 정도였다.

최영준 역시 이신이 쐐기충을 생산하려는 걸 알고 사략기를 계속 뽑아 제공권을 지키려 했을 뿐이었다.

그런데 이신이 폭탄충을 대거 뽑아 맞불을 놓는 바람에 공중전이 되어 버렸고, 최영준은 이신과 컨트롤 싸움에서 패배해 버렸다.

"첫판부터 괴물이라니. 그것도 그렇게 잘할 줄은… 1세트는 우리가 당한 것 같다."

"무섭네요."

"그게 이신이야. 스코어를 리드하기 시작했으니 이제부터는 더 무서워질 거야."

스코어 리드의 중요성을 알고 1세트부터 승부를 건 이신.

소기의 목적을 달성했으니 이제 마음껏 준비해 온 자신의 전략을 시도해 올 터였다.

"일단 멘탈 잡고 다음 세트에서 1 대 1 만들자."

"네."

"잘 들어. 이신이 괴물도 잘한다지만, 어떤 맵에서든 널 이길 정도는 아니야. 그렇다고 신족을 골라서 너랑 동족전을 하겠다고 해오지도 않겠지."

"네."

괴물은 종족 상성상 신족의 천적이니 고른다지만, 같은 신족을 골라 최영준과 붙는다는 것은 이신으로서 결코 이득이 아니었다.

"결국 인류야. 스코어 리드라는 소기의 목적도 달성했으니까 이제 인류로 제대로 된 플레이를 해올 거야."

"네, 연습했던 대로만 할게요."

하영훈 감독은 최영준의 어깨를 두드렸다.

"힘내. 비록 상대가 이신이지만, 너도 최영준이다."

"……."

"최영준이 얼마나 대단한 놈인지 보여줘."

"네!"

최영준은 다시 결전을 치르러 선수 대기실을 나섰다.

2세트.

최영준의 위치는 11시.

그리고 인류를 택한 이신은 5시였다.

최영준은…….

─생 더블! 최영준 선수가 정말 과감합니다!

최영준은 시작부터 앞마당에 확장 기지를 구축했다.

참회실이 없기 때문에 초반에 방어가 매우 불안할 수 있는 출발이었다.

다만 무사히 넘기고 나면 상대적으로 매우 큰 자원 우위를 갖게 되지만 말이다.

─1─0으로 뒤지고 있는 상황. 최영준 선수가 정말 강수를 둡니다. 마침 서로 위치도 대각선 방향. 일단 위치는 최영준 선수에게 웃어주고 있습니다.

─하지만 상대가 이신입니다. 생 더블 하고 있는 걸 보면 절대로 가만 안 놔둘 거거든요.

앞마당의 대신전이 완성되고 신도들이 붙어서 자원 채집이 시작될즈음,

─이신 선수가 봤습니다.

1시로 갔다가 다시 11시로 정찰을 온 이신의 건설로봇이 최영준의 진영에 도착했다.

이른 시간에 완성된 앞마당의 확장 기지가 쌩쌩 잘 돌아가고

있는 광경이 보였다.

　―봤죠. 이신 선수가 가만 둘까요? 그냥 신족 선수가 생 더블을 해도 기분 나쁜데, 최영준이 생 더블을 했습니다. 가만 놔두면 이후에 폭발할 물량을 감당할 수 있을까요?

　―가만 안 놔두겠죠. 치즈러시를 가장 안 당하면서 치즈러시를 가장 잘하는 사람이 이신입니다.

　아니나 다를까.

　정찰을 온 건설로봇은 그 광경을 보자마자 대신전 옆에 참호를 건설하기 시작했다.

　―하하, 정말 반사적으로 참호를 짓죠.

　―거의 본능이죠. 저렇게 판단이 빠른 선수는 처음 봤습니다. 가만 안 놔둔다는 공격 의식이 정말 투철합니다.

　―이신 선수의 본진에서도 보병 1명과 건설로봇 4기가 출발했습니다.

　―최영준 선수도 맞서죠. 지금부터가 시작입니다. 이걸 막아야 최영준 선수가 계획했던 전략을 펼칠 수 있는 거예요.

　최영준도 신도들을 대거 동원하여 방어에 나섰다.

　홀로 외로이 적진에서 참호를 건설하던 건설로봇.

　신도들이 둘러싸서 죽이려 하자, 재빨리 건설을 중단하고 후퇴.

　그러나 곧바로 날렵하게 U턴해서 신도들을 따돌린 후, 다시돌아와 참호를 건설했다.

"와아아아!"

"무빙 쩐다!"

"이신! 이신!"

아슬아슬한 싸움이었다.

참호가 어떻게든 건설되지 않게 막아야 하는 최영준.

반면 어떻게든 참호를 완성시켜서 보병을 집어넣어야 하는 이신.

계속 절묘한 무빙으로 건설로봇을 움직이며, 한 칸씩 한 칸씩 야금야금 참호를 완공시켜나갔다.

이어서 줄줄이 도착하는 보병 1명과 건설로봇 4기.

―저 보병을 잡아야죠!

―참호 건설도 방해해야 하는데, 건설로봇이 저렇게 많이 왔으니 이신 선수의 컨트롤 실력을 감안하면 못 막을 겁니다. 다만 안에 보병이 못 들어가게 해야 합니다!

하지만 신도들의 앞길을 막는 건설로봇들의 블로킹은 절묘하기 이를 데 없었다.

―투타타타타!

―으악!

"와아아아!"

보병의 기관총 난사에 신도 하나가 죽었다.

건설로봇들이 계속 맞붙어서 신도들을 밀어내고, 보병이 조금씩 완성된 참호를 향해 다가갔다.

바로 그때였다.

—광신도가 나왔습니다!

광신도가 양손에 긴 칼날로 무장한 채 똑바로 보병에게 달려왔다.

보병은 즉각 후퇴.

건설로봇 2기가 광신도의 앞길을 막았다.

칼날로 얻어맞자 건설로봇이 도망치고, 다른 건설로봇이 붙어서 수리.

그 사이에 보병은 계속 물러서며 사격.

이신 측에서도 추가 생산된 보병이 더 합류했다.

—정말 치열합니다!

—저러는 와중에도 양 선수 모두 본진에서는 테크 트리가 올라가고 있죠. 정말 무서운 멀티태스킹입니다.

—프로게이머니까요.

그때 엎치락뒤치락하던 싸움이 고속전차의 출현으로 깨졌다.

원거리 공격이 불가능한 광신도와 신도는 모두 물러설 수밖에 없었다.

결국 참호에 보병 2기가 들어갔다.

최영준 측에서도 거신 병기가 생산이 완료되었지만, 이미 참호 안에 들어간 보병들을 어찌할 수는 없었다.

강제로 참호를 부수려고 시도해 봐야 건설로봇들이 일제히 붙어 수리를 할 테니 소용없는 짓이었다.

—투타타타타타!

참호 안에서 총을 쏘는 보병들의 공격이 대신전에 꽂혀 들어갔다.

대신전은 아주 서서히 무너지기 시작했다.

게다가,

—아, 지뢰 업그레이드를 먼저 했네요, 이신 선수.

—고속 전차들이 참호 주변에 지뢰를 매설하기 시작합니다. 저러면 이제 거신병기의 사거리 업그레이드가 완료된다 해도 걸어내기는 틀렸죠.

—빠르게 가져갔던 앞마당 확장 기지는 포기할 수밖에 없을 것 같습니다.

치즈러시는 성공.

완공된 참호 안에 보병들이 들어가 상대의 대신전을 공격한다.

앞에 지뢰를 깔아 달려들지 못하게 했다.

이쯤 되자 치즈러시에 동원되었던 건설로봇들이 다시 되돌아갔다.

—최영준 선수 달려들 생각은 못합니다.

—네, 저건 답이 없습니다. 대신전은 포기할 수밖에 없고, 그 이후 상황을 조심해야죠. 무엇보다도 이신 선수의 고속전차가 지뢰를 다 매설한 뒤에도 계속 얼씬거리고 있단 말입니다. 잘 지켜서고 있지 않으면 오히려 고속전차들이 파고들려 들지도 모릅

니다.

그때, 최영준의 모습이 대형화면에 잡혔다.

―침착하네요, 최영준 선수.

―예, 생 더블은 응징당했지만 아직 진 게 아니니까요.

해설진의 말대로 최영준은 침착했다.

앞마당의 대신전은 이제 무너지기 직전.

하지만 최영준은 계속해서 신도를 생산했다.

일꾼의 숫자만 많으면 나중에 다시 확장 기지를 수복했을 때 곧바로 붙여서 자원 채집을 활성화시킬 수 있는 것이었다.

본진은 물론이고, 공격받는 대신전에서도 계속 신도가 생산되었다.

그러면서 거신병기의 숫자도 차츰 늘어났다.

―퍼어어어엉!

대신전이 마침내 무너져 버렸다.

이신은 미련이 없었다. 참호에서 보병들을 모두 빼내 고속전차와 함께 철수했다.

그제야 거신병기들도 한 걸음 한 걸음 조심스럽게 전진하며 지뢰를 제거해 나갔다.

가까이 다가가 지뢰가 땅 위로 솟으면, 그 순간 일점사해서 없애버리는 식의 컨트롤이었다.

자칫 잘못하면 지뢰에 휘말려 거신병기들이 크게 손상된다.

그런데 바로 그때였다.

철수한 줄 알았던 고속전차들이 다시 나타났다.

스피드 업그레이드가 되어서 더 빨라진 모습으로 말이다.

—내가 간 줄 알았지!

—철수하는 건 페이크! 본진으로 파고들기를 시도합니다!

정확하게 거신병기들이 다음 지뢰를 일점사하여 제거하는 타이밍이었다.

스피드 업그레이드가 된 고속전차 3기는 그대로 거신병기들의 아주 작은 틈바구니 사이를 미꾸라지처럼 통과!

그대로 본진으로 침투했다.

—본진 난입!

—아, 정말 집요합니다, 이신 선수! 누가 저 작은 틈바구니를 통과하려 듭니까? 저런 선수는 이신밖에 없습니다!

—하지만 그 1cm도 안 되는 틈새로 침투당해서 신 앞에 무릎 꿇은 선수들이 수없이 많았습니다.

다행히 난입한 고속전차들은 빠르게 진압되었다.

참회실에서 새롭게 생산된 거신병기들이 막아낸 것.

그 와중에도 이신은 필살의 컨트롤로 신도 3기를 사냥했지만 말이다.

—잘 막아냈습니다.

—이신 선수한테 본진 난입을 당했는데 신도 피해가 3명밖에 없는 건 정말 잘 막은 거죠.

—와, 근데 본진에 신도 숫자 보십시오. 정말 많습니다.

─예, 최영준 선수가 정말 잘한 게 뭐냐면 말이죠, 지금까지 일꾼을 계속 꾸준히 뽑았다는 겁니다. 다시 확장 기지를 수복했을 때 바로 일꾼 다수를 붙여서 자원을 캐면 앞마당 날아간 피해도 어느 정도 선에서 수습이 되거든요.

참호를 부수고 모든 지뢰를 걷어낸 최영준.

이어지는 그의 선택은 놀라웠다.

앞마당은 물론 9시까지, 확장 기지 2개를 동시에 구축하기 시작한 것이다.

─확장 2개를 동시에 시도하는 최영준 선수! 앞마당만 복구해서는 견적이 안 나온다는 건가요?

─예! 일꾼 숫자를 보면 확장 기지 2개가 추가돼도 바로 투입해서 활성화시킬 수 있는 숫자입니다. 피해 복구를 넘어서 이신 선수보다 자원에서 앞서려면 이래야 한다고 견적을 낸 거예요!

결국 최영준은 앞마당과 9시에 신도들을 투입했다.

팔팔하게 활성화된 2개의 확장 기지!

최영준은 불리한 형세 속에서도 계속 일꾼 숫자를 조절하여서 견적을 맞추고 있었다.

현재 일꾼 숫자는 본진, 앞마당, 9시에서 자원 채집 활동을 하기에 부족함도 과함도 없는 딱 알맞은 숫자!

최영준의 무서운 자원 최적화 능력이 여기서 발휘된 것이었다.

그렇게 모여드는 자원이 고스란히 병력 생산으로 이어졌다.

물론 이신이라고 가만히 있는 것은 아니었다.

이신도 확장 기지를 계속 지어 나가며 맵의 절반을 잠식해 들어갔다.

　일단 형세는 유리하니 그대로 맵을 동서로 나눠서 장기전을 치르겠다는 의지였다.

　맵을 동서로 갈라버리는 형세.

　그러면서도 고속전차들이 계속 다니며 최영준이 추가로 확장 기지를 가져가지 못하게 지뢰를 매설해 방해했다.

　ㅡ맵이 점점 이신 선수의 지뢰로 채워지고 있습니다.

　ㅡ기동포탑들이 자리 잡은 배치도 정말 예술이죠. 저러면 신족이 정말 병력 끌고 나가기 싫어지죠.

　ㅡ맵 장악력이 정말 대단합니다. 일부 지역만 빼고 전부 지뢰로 이신 선수의 시야가 밝혀져 있습니다.

　최영준을 광기신족이라고 불리게 만든 물량.

　이신은 보다 많은 자원과 철저한 지뢰 매설로 최영준의 물량을 압살할 생각이었다.

　폭풍전야.

　초인적인 자원 최적화로 피해 수습을 단행한 최영준이 슬슬 송곳니를 드러내려 하고 있었다.

　　　　*　　　　　　*　　　　　　*

　병력이 모이자 최영준은 비로소 움직였다.

정찰기와 함께 걸어 나와 지뢰가 도처에 깔려 있는 지상을 차근차근 전진해 나갔다.

거신병기가 앞장서서 정찰기가 밝혀주는 지뢰를 제거해 나갔다.

그때, 이신의 고속전차 한 무리가 시계 방향으로 돌아서 침투하려는 움직임이 포착되었다.

최영준은 지상군을 뒤로 물려서 고속전차의 침투로를 막아섰다.

─최영준 선수가 밖으로 나올 때마다 이신 선수가 배후를 노리고 들어가 위험합니다.

─나오지 말라는 겁니다. 최대한 확장을 방해하고 최대한 공격을 시도할 수 없게 시간을 지연시키면서, 자신은 확장과 업그레이드를 꾸준히 해서 보다 질 높은 기갑 전력을 확보하겠다는 뜻입니다. 저러면 인류가 유리하죠.

─아 그렇죠. 아무리 신족의 물량 회전이 좋다지만 인류의 업그레이드가 잘된 전력 앞에서는 녹아버리죠!

이신이 차근차근 업그레이드를 하고 있는 동안, 최영준은 아바타를 생산했다.

아바타가 3기까지 생산되었고 마법 에너지가 꽉 찼을 때, 비로소 지상군과 함께 다시 나오기 시작했다.

하지만 이신 역시 전술위성을 보유하여서 아바타에게 무력화탄을 쏠 태세를 마친 상태.

소환 마법에 대비해서 본진과 확장 기지들을 대공포를 도배하여서 아바타가 침투하지 못하게 해놓았다.

—이신 선수의 디펜스가 완벽한 상태인데요, 최영준 선수가 과연 이번 공격에서 얼마나 성과를 거둘 수 있을지 모르겠습니다.

그런데 그때였다.

—파아앗!

지상군 무리에 끼어 있던 대사제 한 명이 마법을 펼쳤다.

그것은 환영 마법.

아바타에게 환영 마법이 걸려 삽시간이 여러 개의 분신이 늘어났다.

—환영 마법! 최영준 선수의 선택은 환영 마법입니다!

—전술위성의 무력화탄과 대공방어를 환영으로 뚫겠다는 의도입니다!

아바타의 분신들이 시간차를 두고 차례대로 이신의 본진을 향해 출발했다.

그리고 진짜 아바타 1기도 분신 2기와 함께 날아갔다.

—퍼엉!

앞서 출발한 분신을 보자마자 무력화탄을 쏘는 전술위성. 이신의 반응 속도는 그야말로 전광석화였다.

하지만 분신에게 무력화탄을 쏴서 에너지를 낭비할 줄은 이신도 미처 몰랐다.

이어서 분신과 함께 나타난 진짜 아바타 1기가 이신의 본진으로 침투했다.

도처에 깔린 대공포들이 일제히 발사했지만, 앞장선 분신들이 방패가 되어주었다.

―파아아앗!

―병력이 소환됩니다!

―대공포 근처. 위치는 별로 안 좋습니다!

대공포가 깔린 지역에 최영준의 병력이 소환되었다.

그런데 소환된 병력 중에는 아바타 2기가 포함되어 있었다.

소환되어진 아바타 2기가 이신의 병력이 생산되는 기갑 정거장 지역으로 날아들었다.

이윽고 아바타 2기가 연속으로 소환 마법을 펼쳤다.

최영준의 병력이 계속해서 이신의 본진에 투하되었다.

―소환이 연속으로 들어갔습니다! 아, 정말 대단합니다, 최영준 선수!

―이신 선수도 어쩔 수 없이 전 병력을 본진으로 되돌립니다!

―환영 마법을 통한 침투와 다른 아바타를 같이 소환하여서 연속으로 펼치는 소환! 정말 대단한 작전입니다!

본진에 난입된 신족 병력은 이신의 병력을 쑥대밭으로 만들기 시작했다.

되돌아온 이신의 병력이 침략군을 몰아내기 시작했지만, 대공포가 다수 부서지고 기갑 정거장도 피해를 입었다.

―대규모의 소환이었는데 그걸 다 잡아내는 이신 선수도 대단

하네요.

—하지만 아직 안심하긴 이릅니다. 최영준의 미친 물량은 이제 막 폭발했습니다!

그 말대로였다.

추가 생산된 아바타가 또다시 환영마법에 의해 만들어진 분신들과 함께 들어가고 있었다.

앞서 소환된 병력들에 의해 대공방어가 무너진 바로 그 지점을 향해서 말이다.

—앞선 소환 병력이 이신 선수의 본진에 도배된 대공포들을 우선적으로 박살 냈는데요, 바로 이겁니다! 후속타를 계속 집어넣기 위해서였어요.

이신도 이를 알았다.

이신의 전술위성이 그곳에서 무력화탄을 쏠 준비를 했다.

하지만…….

"와아아아!"

"하하하!"

아바타 4기가 띄엄띄엄 선 채 줄지어 날아오는 모습. 저 4기 중 1기만이 진짜 아바타였다.

—아! 저게 뭡니까!

—무력화탄 한 방으로 다 맞출 수가 없어요. 저것들 중 하나를 찍어야 합니다! 이신 선수, 객관식 찍기에 자신 있습니까?

4기 중 어떤 게 진짜일 것인가?

이신은 답 안 나오는 문제에 고민하는 성격이 아니었다.

2번째로 날아오는 아바타에게 무력화탄을 쐈다.

─퍼엉!

그리고 4번째 아바타가 소환 마법을 펼쳤다.

또 다른 전술위성이 날아와 무력화탄을 쐈지만, 간발의 차이로 소환 마법이 실행되고 말았다. 그 순간 경기장이 환호성으로 가득 찼다.

─최영준 선수의 물량이 계속해서 소환 마법을 통해 이신 선수의 본진에 다이렉트로 꽂히고 있습니다!

계속해서 아바타를 동원해 소환 마법을 꽂아 넣는 최영준.

생산─이동─소비의 사이클.

그중 이신이 지뢰를 꾸준히 매설해서 지연시키려 했던 '이동'이 공간을 뛰어넘으며 이루어지고 있었다.

소환 마법으로 물량을 퍼부은 최영준은 마침내 이신의 기갑 정거장들을 대부분 박살 내고 본진을 쑥대밭으로 만들었다.

이신의 병력 생산이 올 스톱되어 버린 것이다.

이어지는 것은 지뢰를 제거하며 지상으로 진군을 시작하는 최영준의 병력이었다.

어느새 추가로 확장 기지를 가져가고서 늘려 지은 참회실에서 병력을 쏟아내는 최영준!

과연 광기신족이라 할 만한, 가공할 병력 생산력이었다.

─끊임없는 진격이 이어집니다. 저게 최영준입니다!

―멈추지 않고 계속 병력이 생산되어서 쏟아집니다. e스포츠 역사상 저 선수보다 더 물량을 잘 뽑는 선수가 있었을까요?

기갑 정거장이 날아가 버려서 병력 생산이 중단된 이신은 계속해서 밀어닥치는 최영준의 공세에 결국 무릎을 꿇었다.

Kaiser : GG

―이신 선수 GG!

―역시 최영준 선수입니다! 어째서 자신이 작년 프로리그 MVP를 차지했는지를 똑똑히 보여주었습니다!

스코어는 1―1.

선수 대기실로 돌아온 이신은 고개를 휘휘 저었다.

"잘하네."

"초반에 분위기 좋았잖아. 근데 왜 너답지 않게 무난하게 플레이해서 시간을 줬어?"

최환열이 가볍게 핀잔을 주었다.

"유리해졌으니까 안전하게 1승을 더 챙기자고 생각했지."

사실 틀린 판단이 아니었다.

치즈러시에 성공해 앞마당을 한 번 부쉈다.

그 뒤로 확장과 업그레이드에서 앞서며 승기를 굳혀 나간다.

그리고 공격력과 방어력이 풀로 업그레이드된 기갑 병력으로 마무리.

인류로서는 아주 당연한 판단일지도 몰랐다.

다만 상대가 최영준일 뿐이었다.

정말로 최영준답게 엄청난 자원 최적화와 물량, 전술로 주어진 시간 내에 승리를 위한 조건을 달성했다.

"네가 언제부터 안전하게 했다고."

"그러게."

이신은 쓴웃음을 지었다.

"32강에서 차이한테 한 번 졌더니 마음이 약해졌나."

"약해지긴. 사실 틀린 판단도 아니었어. 최영준이 잘한 거지."

이신은 이온음료를 벌컥벌컥 들이켰다. 그리고 말했다.

"이제 안전하게 안 하려고."

3세트.

이신은 페이크 더블을 구사했다.

앞마당에 확장 기지를 짓는 척 모션을 취하면서 병력을 모아 치고 나갔다.

다수의 보병과 건설로봇 3기, 기동포탑 3기, 고속전차 2기.

많은 병력이 한 순간에 치고 올라오자 최영준도 거신병기들로 맞섰다.

—저 병력이 그대로 앞마당까지 당도하면 게임 끝나는 겁니다, 최영준 선수! 거신병기로 계속 무빙을 당기면서 보병 숫자를 최대한 줄여줘야 합니다.

—그렇죠! 앞마당 밀고 거기다가 참호 짓고 보병 집어넣고 조

이기 들어가면 목 졸려 죽는 거죠!

　─컨트롤 싸움!

　싸움의 핵심은 보병.

　보병들은 화살받이였다.

　거신병기의 공격을 대신 맞아주며 기동포탑을 보호하는 호위 역할이었다.

　기동포탑은 거신 병기 4기가 삽시간에 무빙을 당기며 2방을 때리면 파괴당하는 나약한 유닛이기 때문에 보호가 필요한 것이다.

　즉, 보병이 모두 사살되면 기동포탑은 진격을 멈추고 되돌아가야 하는 것이다.

　일반적으로는 보병이 다 죽을 때까지 한 번 전진하면서 신족을 압박한 후에 앞마당을 안전하게 가져가는 것이 정석.

　하지만 이신은 앞마당 대신 다수 병력을 뽑아 끝내기에 나섰다.

　함께 쫓아오는 고속전차는 지나온 길목에 지뢰를 심어주며 신족의 역습을 원천봉쇄했다.

　컨트롤의 향연.

　멀리부터 마중을 나온 거신병기들이 무빙을 당기며 보병들을 공격했다.

　이신이 컨트롤하는 보병들은 아슬아슬하게 거신병기의 사거리를 넘나들며 유혹했다.

　거신병기들이 공격을 위해 앞으로 한 걸음 다가온 순간,

　보병들은 뒤로 빠지고,

기동포탑들이 앞으로 나와 통상 공격!

거신병기들이 다시 무빙을 당겨 물러서면서 기동포탑 하나를 집중 공격하니,

보병들이 일제히 뛰쳐나와 기관총 난사,

건설로봇들이 삽시간에 붙어서 기동포탑 수리,

사거리 밖으로 물러서며 거신병기들을 끌어들이려는 기동포탑.

—퍼어엉!

거신병기 1기가 사살 당했다.

오케스트라처럼 유닛들이 각 포지션에 맞게 완벽한 호흡과 조화를 이루었다.

—이신 선수의 어마어마한 컨트롤! 보병 숫자를 잘라줘야 하는데 도리어 거신병기가 죽었어요!

—최영준 선수의 거신병기 컨트롤이 제대로 안 되고 있습니다! 이러면 정말 위험해요!

—참회실을 늘려 지으면서 인류의 페이크 더블을 막아낼 수 있는 체제가 마련되었는데도, 컨트롤로 압살하고 있습니다! 2세트가 최영준다운 경기였다면, 3세트는 이신답네요!

결국 컨트롤로 거신병기의 무빙을 압살하며 강하게 푸시를 한 병력들이 앞마당에 당도했다.

이신은 즉각 건설로봇으로 하여금 참호와 대공포를 짓고 기동포탑들을 포격모드로 전환시켰다.

고속전차가 그 앞에 지뢰를 깔아 완벽한 방어선이 형성되었다.

―퍼퍼펑!

앞마당의 확장 기지를 포격하는 기동포탑들.

최영준은 수송기에 광신도를 태운 채 거신병기들과 함께 반격에 나섰다.

앞마당이 날아가 버리기 전에 이 압박을 걷어내야 했다.

서로 사활을 건 전투가 펼쳐졌다.

그리고 이날 최고의 명장면이 탄생했다.

"와아아아아!!"

"꺄아아아악―!"

수송기에서 드롭된 광신도들이 매설된 지뢰 2개를 끌고 기동포탑들을 향해 돌진했다.

자칫 잘못하면 지뢰 역 대박이 터져서 기동포탑들이 몰살당할 수 있는 순간이었다.

그런데 그 순간,

―퍼엉! 펑!

고속전차들이 광신도를 쫓아서 땅속에서 나와 날아가는 지뢰를 일점사했다.

빠르게 타깃을 향해 날아가는 지뢰를 2개 다 정확하게 마우스로 클릭해 제거해 버린 것이었다.

경기장이 비명과 함성으로 쩌렁쩌렁하게 채워졌다.

―저게 사람의 컨트롤입니까!

―정말 신입니다! 일반적으로 신족이 충분히 막을 수 있는 상

황이었음에도, 컨트롤로 못 막게 만들었습니다! 알아도 막을 수 없는 페이크 더블이라니 이게 말이 됩니까?!

최영준은 한숨과 함께 GG를 쳤다.

결국 이기고서 선수 대기실로 금의환향한 이신.

그는 재미있다는 듯이 미소를 짓고 있었다.

"4세트는 뭐 할 거야?"

최환열이 물었다.

이신의 미소가 더 짙어졌다.

"페이크 더블. 똑같은 걸로."

"…악마 같은 새끼."

최환열은 치를 떨었다.

이신은 최영준이 자신의 페이크 더블을 못 막는다는 것을 꿰뚫어 본 것이었다.

아무리 계속 시도해도 잘 안 될 때가 있었다.

최영준이 지금 그 상태라는 것을 이신은 직감했다.

제2장

변화

[이신 4강 진출!]
[게임의 신, 연속 페이크 더블로 최영준 격파]
[광기의 물량과 신의 컨트롤의 향연, 승자는 이신]
[알아도 못 막는 이신의 페이크 더블]
[이신의 괴물 플레이 화제 '3종족 만능 인증']

경기 결과가 인터넷 뉴스 e스포츠 부문을 장식했다.
2세트의 명승부.
최영준을 컨트롤로 압살한 3, 4세트의 연속 페이크 더블.
하지만 무엇보다도 화제가 되었던 것은 1세트였다.

이신이 공식전에서 괴물을 꺼내들어 승리를 거둔 것이다.

그것도 다른 누구도 아닌 쌍영의 1인, 광기신족 최영준을 말이다!

이신이 신족뿐만이 아니라 괴물 플레이까지도 수준급이라는 것이 입증된 셈이었다.

─ㅋㅋㅋㅋㅋ정말 괴물도 하네.

─인류 신족 괴물 다 해먹음ㅎㄷㄷ

─신족 맵에선 신족하고 인류 맵에서는 인류하고 괴물 맵에서는 괴물하고 ㅆㅂ 뭐 이따위야?

─인류만 해도 무적이었는데 이젠;;;;

─정말 인간 맞냐? 나이 26살 아니었음?

─신 신 했더니 정말 인간으로 안 보인다, 이제는…….

─아니 ㅆㅂ 알아도 못 막는 페이크 더블이 말이 되냐 말이야. 신족더러 다 뒤지란 얘기냐?

─신 님의 알아도 못 막는 시리즈 등장! 전에는 안재훈한테 알아도 못 막는 2항공 스텔스 전투기를 보여주더니ㅋㅋㅋㅋ

─아깝다. 2세트는 정말 최영준의 물량 폭발 제대로 보여줬는데ㅠㅠ

─이신이 정말 잘한 거지. 2세트에서 최영준 물량에 한 번 당해보더니 그 뒤로 절대로 원하는 대로 싸워주지 않음.

─이신 정말 무서운 새끼임. 3세트에서 최영준이 컨트롤 안 되는 걸 보고는 바로 4세트에서 똑같은 걸 또 했다.

―장기 운영 싸움으로 갔으면 최영준이 이겼을 텐데.

―쇼부만 존나 쳐서 이김. 솔직히 이 바닥에서 그만큼 해먹었으면 됐지 뭐가 또 욕심이 그렇게 많아서, 아주 이기려고 환장을 했더만?

―워 새끼 스알못인가. 원하는 싸움을 만들어내는 게 운영과 전략이라는 거다. 물량과 피지컬은 최영준이 좋지만 전략과 컨트롤에서 신한테 처 발린 거임. ㅇㅈ?

―ㅎㅎㅎ경기 꿀잼이었는데 왜 말들이 이렇게 많지?

―몰랐음? 여긴 원래 이런 곳임. 뭘 해도 징징ㅋㅋㅋ

아무튼 이신은 그렇게 최영준이라는 험난한 산을 넘고 우승에 한발 더 가까워졌다.

8강전 2경기는 팀 제미니의 안태양과 JKT의 진철환. 둘 중 한 사람이 4강전에서 이신과 붙게 된다.

둘 중 누가 4강에 올라오든 이신의 적수로는 아직 역부족이라는 평가가 지배적.

결국 최영준을 꺾음으로서 이신의 우승 확률은 비약적으로 높아졌다는 것이 전문가들의 중론이었다.

결국 다시 이신의 철권통치가 계속되었다고 푸념하는 팬들도 더러 있었다.

이신이 패배하는 모습은 보고 싶지 않지만, 또한 이신을 꺾을 뉴 페이스의 등장을 바라는 팬들의 이중적인 심리가 네티즌 사이에 나타난 것이다.

그들이 기대를 거는 우승 후보는 두 사람.

차이와 박영호였다.

두 사람만이 이신을 꺾고 우승을 차지할 수 있는 역량이 있었다.

특히 주목받은 쪽은 스승을 꺾기 위해 키워진 이신의 수제자라는 드라마틱한 포지션을 가진 차이였다.

그리고 차이의 8강전 상대는 다름 아닌 주디였다.

차이가 연습실에서 훈련을 하는 동안 주디는 집에서 개인리그 준비를 하기로 했다.

연습 상대는 물론 막 4강 진출을 확정하고서 휴식을 취하고 있는 이신. 이신으로서도 차이와 치를지 모르는 결승전에 대비할 수 있으니 일석이조였다.

"선생님."

"왜."

"차이와 결승전에서 붙고 싶으세요?"

주디가 문득 물었다.

이신은 어깨를 으쓱했다.

"누가 됐든 강한 쪽과 붙게 되겠지. 그런 건 왜 물어?"

"제가 어쩌면 선생님을 실망시켜 드릴지도 몰라서요."

"……?"

"전 제가 차이를 이길 수도 있다고 생각해요."

그 말에 이신은 놀란 표정을 지었다.

주디가 의외로 자신감을 드러내고 있었기 때문이었다.

"박영호 선수를 꺾을 자신은 없지만, 상대가 차이라면 제가 해 볼 만하다고 생각해요."

"나도 그렇게 생각해."

주디는 이미 이신의 예상보다 더 크게 성장했다.

상대가 괴물이든 신족이든 승률이 안정적이고, 특히나 같은 인류 간의 동족전은 매우 뛰어나다.

지금에 와서는 화성전자의 에이스인 신태호와 견주어도 된다고 생각했다.

"혹시 제가 차이를 이겨서 4강에 올라가더라도 실망하지 않으실 거죠?"

"실망할 리가."

이신은 이젠 습관처럼 주디의 머리를 쓰다듬어 주며 말했다.

"4강에 가면 소원 하나 들어주지. 날 놀라게 한 상으로."

"정말이죠?"

이신은 고개를 끄덕였다.

주디는 활짝 웃었다.

"그럼 정말 놀라게 해드려야겠네요. 우리 어서 연습해요."

"그래."

이신은 성의를 다해 주디를 훈련시켰다.

"분명히 타이밍을 노리고 치고 나와 승부를 보려 할 거야. 왜냐면 차이는 너랑 장기전을 치르는 것을 아주 부담스러워하거든."

머신이라는 별명이 있을 정도로 장기전에 능한 신태호.

주디는 그런 신태호를 상대로 무승부로 재경기까지 치를 정도로 엄청난 장기전 끝에 이긴 적이 있을 정도였다.

잔 실수 없이 꼼꼼하게 플레이하기 때문에 시간이 흐를수록 상대보다 유리해진다.

공격성은 부족한 면모가 있지만, 디펜스 능력은 발군.

손이 많이 가게 되어서 정신적인 피로가 극심해지는 상황에서도 흔들림 없이 인내심이 깊다.

"그럼 어떻게 해야 해요?"

"타이밍 러시 경계하면서 무조건 장기전으로 끌고 가."

"장기전?"

이신은 고개를 끄덕였다.

"공격을 막아내거나 유리한 상황이 되면 무조건 확장을 더 가져가. 설령 지더라도 1시간 이상 장기전을 치르면 네가 이득 본 거라고 생각해."

"장기전으로 피로하게 만드는 건가요?"

"그래."

이신은 고개를 끄덕이며 설명을 이었다.

"차이는 아직 어리고 겉보기보다 성질이 급해. 계속 원치 않은 장기전을 유도하면서 물고 늘어지면 피로가 쌓여서 무너질 거야."

이신은 기억하고 있었다.

제자로 지내면서 연습만 시킬 뿐 어떤 팀과도 계약하지 않게 했던 시절, 차이는 무척이나 데뷔하고 싶어 했다.

제자로 오래 지낸 것도 아니면서 조급해했다.

그리고 이번 개인리그에서 이신의 적수로써 인정받기 위해서 쌍성전자전 선봉을 자청하여서 올킬을 해냈다.

겉보기는 차분해 보이지만 본질적으로 성격이 급하다는 뜻이었다.

"계획이 성공해서 차이가 정신적으로 무너지면 3, 4세트쯤에서 무리수를 둘 거야."

"어떻게요?"

"이르면 3세트, 늦으면 4세트. 정찰할 때 항상 맵 센터를 살펴. 전진 병영으로 초반 찌르기를 노릴 거야. 쉽게 이득을 챙기려 드는 건 정신적 피로가 극에 달했다는 신호야."

"네."

의외로 주디가 차이를 꺾고 4강에 진출하는 이변도 나름대로 재미있을 것 같았다.

모두가 예상했던 대로만 이루어지면 재미없지 않은가.

*   *   *

8강전 2경기.

안태양 대 진철환.

인류 플레이어 안태양은 팀 제미니에서 16강에 진출한 유일한 선수였다. 데뷔 4년 차의 노련한 선수로 결코 녹록한 선수가 아니었다.

그리고 진철환.

JKT 괴물 제국을 이어받을 차세대 괴물 플레이어로 2021년에 들어서 더 완성도 높은 기량을 선보이고 있었다.

프로리그에서의 분위기를 생각하면 진철환의 우세.

그러나 안태양은 늘 제몫을 다하던 중견 선수로, 박영호를 잡은 적도 있을 정도로 괴물전에 능했다.

즉, 결과를 쉽게 예측할 수 없는 대결이었다.

주디의 훈련을 도와주던 이신은 경기 시간이 되자 인터넷에 접속해 스트리밍으로 서비스되는 유료 생중계를 관람했다.

"누가 이길 것 같아요?"

"진철환."

"요즘 분위기는 진철환 선수가 좋죠?"

"그것도 있지만, 요즘 JKT 괴물들은 대인류전 전략이 잘 잡혀 있는 것 같더군."

16강전에서 존을 박살 내버린 괴물의 대표주자 박영호만 봐도 알 수 있었다.

종족 상성상 괴물의 천적은 단연 인류.

괴물로서 최고의 자리에 오르려면 필연 인류를 상대로도 승률이 좋아야 한다.

한때 한국에서 톱을 찍었던 레전드 오성준이 대인류전의 기틀을 잡았고, 그 제자격인 철벽괴물 박영호가 이를 더 체계화시켰다.

그리고 그 계보를 이어 받고 있는 괴물 플레이어가 바로 진철환인 것이다.

'박영호의 기세가 심상치 않았다.'

괴물을 거의 한 끼 식사거리로 아는 이신을 진땀 흘리게 만든 상대가 박영호였다.

얼마 전에 함께했던 연습을 통해서 이신은 박영호의 완성도 높은 플레이에 깜짝 놀랐었다.

작년에 우승패와 은메달을 차지하며 전성기를 맞이했던 박영호가 지금 오히려 더 성장해 있었다.

16강전에서 퀸 활용으로 존을 3─0으로 박살 내는 것을 보고서는 모두가 박영호를 과소평가했었다고 인정해야 했다.

이신의 귀환과 차이의 등장 등으로 살짝 인지도에서 밀려 있던 박영호가 다시금 스포트라이트를 받을 정도로 엄청난 위엄이었다.

이신과 차이의 대결이 더 드라마틱하기 때문에 팬들은 차이의 결승 진출을 바라는 감이 없지 않았는데, 그런 분위기를 한번에 되돌려 놓는 강력한 포스였다.

이신의 추측이 틀리지 않았다면, 이번 경기에서 진철환도 무언가 보여줄 것이다.

JKT에서 한솥밥을 먹었다면 말이다.

아니나 다를까.

―진철환 선수가 달려듭니다!

―앞뒤로, 앞뒤로!

진철환은 쐐기충과 바퀴 떼를 동원해 앞뒤로 협공을 가했다.

밖으로 진출했던 안태양의 병영 병력이 삽시간에 전멸하고 말았다.

특별할 것 없는 장면.

하지만 문제는 1, 2, 3세트 내내 그런 장면이 벌어졌다는 것이다.

일반적으로 괴물의 전략은 괴물주술사가 생산될 때까지 버티고 또 버티는 것.

괴물이 그 전부터 적극적으로 인류와 싸워서 병력을 잡아먹는 경우는 그리 많이 볼 수 있는 광경이 아니었다.

'괴물주술사의 흑안개도 없이 들이받는 건 성준이 형 시대 때의 스타일인데.'

괴물주술사의 흑안개 없이 인류 병력과 싸우는 건 매우 위험한 일이었다.

이는 그만큼 진철환이 자신감 넘친다는 뜻이었다.

병력이 잘라 먹히는 바람에 제대로 괴물의 성장을 견제 못한 안태양은 시종일관 밀리는 싸움만 하다가 결국 3세트에서 3―0으로 셧아웃을 당했다.

존을 셧아웃시켜 버린 박영호에 이어 진철환까지 엄청난 활약을 하자 해설진은 침이 마르도록 찬사를 했다.

―진철환 선수, 박영호 선수도 그랬지만 오늘 경기에서의 아주 공격적인 모습이 인상적이었습니다.

이에 진철환이 승자 인터뷰를 통해 말했다.

―우승을 위해서는 반드시 꺾어야 할 사람이 있습니다. 이제 4강에서 만나게 되었는데요, 그분을 꺾기 위해서는 전투에서 져서는 안 된다고 생각해서 많은 연습을 했습니다.

―아, 그렇다면 이신 선수와의 일전을 앞두고 각오의 한 말씀 부탁드리겠습니다.

―신을 이기는 방법은 웅크린 채 가드 올리고 버티는 게 아닙니다. 이신 선수의 전술이든 컨트롤이든 겁나지 않습니다. 아주 제대로 뜨겁게 한판 붙어보겠습니다.

경기장에 관객들의 환호성이 울려 퍼졌다.

"…라고 하는데요?"

주디가 옆에서 말을 건넸다.

"더 재미있게 해준다면야 언제든 환영이지."

더 강한 상대, 더 아슬아슬한 대결을 원하는 이신의 일관된 태도.

너무 오랫동안 최강자로 군림했기에 나올 수 있는 풍모였다.

*   *   *

—오늘 SC코퍼레이션에서 공약했던 1차 업데이트가 실행됩니다. 어떤 점이 달라졌습니까, 정승태 해설위원님?

—예, 달라진 점은 일단 게임을 실행하자마자 알 수 있습니다. 처음에 주어진 생산 유닛 4기가 자동으로 농토로 붙어서 자원 채집을 시작하죠. 뿐만 아니라 랠리 포인트를 자원 쪽에 해놓으면 추가 생산되는 생산 유닛들도 자동으로 자원 채집을 하게 됩니다.

—손이 가는 일이 한결 줄어들었다고 봐야 하겠네요.

—예, 사실 프로게이머들이야 이 정도 잔손질은 문제도 아니지만, 일반 게이머들에게는 플레이가 보다 간편해져서 게임성이 올랐다고 봐야겠죠.

—그것 말고도 또 다른 변화가 있죠?

—예, 동일한 건물을 더블 클릭으로 다수 지정할 수 있게 되었습니다. 이로 인해 유닛 생산과 랠리 포인트 지정이 한결 편해졌습니다.

—전투가 벌어진 순간에도 컨트롤하면서 유닛 생산도 용이하게 할 수 있게 된 거군요?

—예, 그리고 무엇보다도 의미가 큰 것은 바로 한번에 지정할 수 있는 유닛 숫자가 무한으로 늘어났다는 점입니다.

—채집, 생산, 전투 세 방면에서 모두 인터페이스의 개선이 이루어진 셈인데, 이게 e스포츠에는 어떤 영향을 줄 것 같습니까?

―단순 중노동에 해당되는 요소들이 크게 개선되면서 선수들의 피지컬 부담이 줄어들었습니다. 이는 평균 2, 3년에 불과한 프로게이머의 수명이 크게 늘어나지 않을까 하고 긍정적으로 보고 싶습니다.

8강전 3경기, 차이 대 주디의 경기를 불과 하루 남겨놓고 벌어진 일이었다.

경기를 앞두고 생긴 업데이트.

이 탓에 두 사람은 혼란을 겪을 법도 했지만, 다행히 이신의 조치로 그런 일은 일어나지 않았다.

놀랍게도 이신은 코렛 사장에게 직접 연락, 업데이트된 게임을 미리 다운받아 두 사람에게 제공한 것이다.

덕분에 주디와 차이는 업데이트되기 며칠 전부터 이미 개선된 게임으로 훈련을 할 수 있었다.

'이럴 땐 인맥이 편하군.'

일전에 코렛 사장의 초대에 응해서 친분을 쌓길 잘했다는 생각이 드는 이신이었다.

함께 연습을 하면서 주디의 실력이 점점 좋아지고 있다는 것이 체감되었다.

업데이트의 영향일까? 아니면 4강 진출이라는 프로게이머로서 빛나는 커리어를 따낼 절호의 찬스를 앞뒀기 때문일까

주디는 평소와 달리 공격적인 플레이를 자주 보였다.

항공수송선을 다수 활용한 대규모 드롭으로 이신의 확장 기

지를 습격.

하지만 그 순간, 이신은 확장 기지를 버리고 그대로 전 병력으로 진격을 감행했다.

주디의 전력이 빠진 틈을 타, 방어선을 돌파해 버리고 그대로 본진을 점령했다.

확장 기지보다 더 중요한 건 병력 생산이 이루어지는 본진!

그야말로 한순간의 판단으로 결착이 나버린 일합(一合) 싸움이었다.

돌이킬 수가 없게 되자, 주디 역시 그 길로 이신의 본진을 쳤다.

하지만 이신은 끈질긴 디펜스로 주디의 진격을 지연시켰다.

그러고는 주디의 본진을 초토화시킨 후, 확장 기지를 하나하나 부숴놓았다.

서로의 진영을 파괴하는 섬멸전.

하지만 승패는 이미 정해진 지 오래였다.

"적극적으로 공격한 건 좋았어."

게임을 승리로 장식한 후에 이신이 가르침을 내리기 시작했다.

"하지만 방금 같은 공격을 당했을 때, 대응하는 패턴은 두 가지야. 일반적으로는 병력을 보내 방어를 할 테고, 초일류는 나처럼 역공해서 승리를 따낼 줄도 알지."

이신의 말이 이어졌다.

"차이는 내가 본 가장 결단력이 강한 상대야. 넌 방금과 같은 식으로 리스크가 있는 승부수를 띄워서는 안 돼. 차이는 반드시 그 리스크를 공략할 거야."

"네……."

"하지만 역설적으로 네가 유독 차이를 상대로 가장 승률이 좋은 이유도 여기에 있어. 좀처럼 먼저 승부를 보지 않는 방어형. 그러면서도 빈틈도 없는 신지호 같은 타입이 차이의 천적이 되는 셈이지."

"그럼 방어만 해야 하나요?"

"그건 차이를 이기기 위한 기본이야. 하지만 그것만 가지고는 승리할 수 없어."

"그럼요?"

"방금과 같은 공격을 했을 때, 항공수송선 2척 규모만 투입했다면 어땠을까?"

"네?"

"기동포탑 2기에 고속전차 4기. 딱 그 정도만 써서 적당히 괴롭히기만 했다면? 그럼 역공보다는 결국 방어하기 위해 움직일 수밖에 없겠지?"

"네."

"딱 그 정도가 좋아. 리스크가 적은 소소한 견제만 해. 이득을 볼 수 있느냐는 중요하지 않아. 차이의 정신력을 갉아먹으면 그걸로 충분해."

이신이 말을 이었다.

"가장 피로를 느낄 때는 상대의 악의를 느낄 때야. 날 괴롭히려 한다. 그런 소소한 악의들. 그걸 느끼게 해. 꾸준히, 꾸준히. 그렇게 한 세트당 1시간 이상의 장기전을 계속 치르면 10대 중반짜리 꼬맹이의 멘탈이 과연 견딜 수 있을까?"

"……."

악마처럼 속삭이는 이신의 말에 주디는 오한을 느꼈다.

하지만 이신이 속삭이는 악마의 지혜는 주디의 뇌리에 각인되고 있었다.

　　　　　*　　　　　*　　　　　*

[쌍성전자 전략팀 전격 발족, 하영훈 감독 "선진 프로팀 만들겠다." 포부 밝혀]

[쌍성전자에 이어 JKT도 전략팀 구성 '이신 효과?']

[올도어SCC 따라 전략팀을 만들기 시작한 프로팀들]

[한국 e스포츠 협회 "이신이 e스포츠의 선진화 이끌어"]

업데이트와 함께 한국 e스포츠에 변화가 불어 닥치기 시작했다.

이신이 해외 프로팀들을 본받아 처음 도입한 전략팀을 국내의 다른 팀들도 구성하기 시작한것.

이는 이신이 사비를 들여서 처음 시도했던 전략팀이 효과를 거두었기 때문이었다.

이제는 정식으로 올도어SCC에 전략팀이 채택되면서, 다른 팀들 또한 의식하지 않을 수가 없었다.

전략팀이 얼마나 효과를 거둘지는 둘째의 문제였다.

일단 전략팀을 가지고 있다는 것 자체로도 올도어SCC는 한국 최고의 선진적인 프로팀이라는 이미지를 얻었기 때문이었다.

그렇지 않은 프로팀들을 주먹구구식의 집단으로 보이게 만드는 현상!

이 탓에 가장 먼저 움직인 팀은 많은 투자를 하고 있는 쌍성전자였다.

뒤 이어서 라이벌 관계인 JKT도 움직였고, CT와 팀 제미니 등 다른 프로팀 또한 부랴부랴 움직이기 시작했다.

그로 인하여 긍정적인 현상이 일어났다.

선수 생활을 마감하고 은퇴한 후 진로를 찾지 못하여 방황하던 전 프로게이머들이 고용된 것.

전략팀의 숫자만큼 프로게이머의 은퇴 후 일자리도 늘어나게 되는 것이었다.

이로 인하여 프로게이머라면 누구나 이신에게 고마워하게 되었다.

그리고 경기 당일.

전략팀장 박진수가 차이와 함께 경기장에 들어선 데 이어, 주디와 이신이 롤스로이스 팬텀을 타고 함께 나타났다.

나란히 차에서 내린 e스포츠의 신과 여신!

"꺄아아악!"

"오빠!"

"사인 좀 해주세요!"

팬들이 아우성치며 몰려왔다. 둘이 함께 나란히 등장해서 그런지 팬들의 반응이 더 뜨거웠다.

덕분에 운전사 정상범이 매우 고생했다.

간신히 경기장 안에 들어왔을 때, 복도에서 박진수와 차이가 보였다.

"준비 많이 했어?"

이신의 물음에 차이는 웃으며 고개를 끄덕였다.

박진수도 질문을 해왔다.

"그쪽은?"

"완벽하게 했어."

"이거 무섭네. 차이야, 오늘 조심해야겠다."

"그러게요."

"엄살떨기는."

주디도 따라 웃었다.

"가자."

"네~!"

주디는 이신을 따라 선수 대기실로 향했다.

이윽고,

─같은 팀, 같은 스승 하에서 한솥밥을 먹던 두 사람이 한 무대에서 만나 실력을 겨루게 되었습니다.

─먼저 주디 선수입니다. 작년 아마추어리그에서 이신 선수의 눈에 들어 MBS에 입단했고 한 라운드밖에 못 뛰었지만 5승 2패로 선전하여 주목을 받았습니다.

─무엇보다도 신의 제자로 화제가 되었고 지금은 미모는 물론 실력까지 인정받아 e스포츠의 여신으로 등극했습니다. 이번 전반기 개인리그에서는 8강에 올라 자신의 커리어를 경신한 주디 선수인데요, 이번에도 무사히 이겨서 4강에 진출할 수 있을지 주목됩니다.

─하지만 상대가 정말 만만치 않습니다.

─예! 바로 차이 선수입니다.

대형화면에 경기를 준비 중인 차이의 모습이 잡혔다.

어린 나이답지 않게 긴장한 기색 없이 담대한 모습.

태국인 아버지와 한국인 어머니를 둔 혼혈로 이국적인 외모로 이신교의 여성 광신도들의 지지를 받고 있는 차이였다.

16강에서는 무려 지난번 준우승자 신지호를 힘겹게 꺾고 올라온 차이.

아직 어린 티를 벗지 못한 앳된 얼굴은 우승 후보로 점쳐진 선수라고는 믿겨지지 않을 정도였다.

─자, 2021년 전반기 개인리그 8강 3경기! 1세트 시작합니다!

그렇게 기다려왔던 대결이 시작되었다.

주디는 1병영 더블로 비교적 부유한 출발을 했다.

이에 비해 차이의 빌드는 1기갑 더블.

보다 빨리 지은 기갑 정거장에서 고속전차를 뽑아 빠르게 밖으로 나왔다.

지뢰 개발을 먼저 한 차이는 고속전차 2기로 지뢰를 매설해 맵 장악을 하며 주디의 앞마당까지 당도했다.

하지만 주디의 앞마당은 이미 참호가 지어져 있었다.

방어가 충분히 되어 있는 것을 보고서 차이는 안으로 침투를 시도하지 않았다.

하지만,

―차이 선수 들어가지 않습니다. 대신 앞마당 앞에 지뢰를 매설하고 돌아가죠.

―예, 차이 선수는 1세트이니만큼 서두르지 않고 신중하게 풀어가겠다는 뜻으로 보이는데요. 근데 저 참호 안에 보병이 1명밖에 없다는 사실은 모르고 있습니다!

―보병을 한 명밖에 안 뽑고 배짱을 부리는 주디 선수! 하하, 정말 배짱이 두둑합니다!

―평소에 주디 선수가 안전하고 탄탄한 운영을 보여 왔잖습니까. 그래서 차이 선수가 참호를 보면 들어오지 못할 거라는 걸 알고 있는 겁니다.

―일꾼이 득시글거리고 테크 트리도 빨리 올라가고 있는 주디

선수. 출발이 정말 좋습니다!

자원상 유리한 출발을 한 주디.

게다가 방어에는 참호 1개와 보병 1명만 투자해 놓고 더더욱 부유하게 운영을 했다.

먼저 진출한 만큼 맵 장악을 하며 전선을 유리하게 긋기 시작한 차이였지만, 주디가 얼마나 부유하게 자원을 쌓아가고 있는지는 모르고 있었다.

기갑 정거장을 마구 건설하며 병력을 모은 주디는 마침내 밖으로 치고 나왔다.

돌파를 시도하는 척 밀고 나가 차이를 위협.

그러나 차이가 빠른 대응으로 병력을 밀집시키자, 진군을 중단시켰다.

기동포탑들이 자리 잡고 포격모드로 전환.

맵을 동서로 나누는 방어선을 꾸린 채 확장 기지를 가져가기 시작했다.

—양측 모두 이렇다 할 만한 싸움 없이 덩치를 키우고 있는 가운데, 병력은 이미 양측 모두 한계까지 찼습니다.

—아, 주디 선수가 움직이기 시작하는데요?!

—북쪽으로!

주디의 주력 병력이 북상하기 시작했다.

맵을 시계방향으로 크게 우회하여서 차이의 영토를 침공하겠다는 모션.

이에 따라 차이 또한 병력을 움직여서 북쪽으로 향해야 했다.

하지만 차이가 따라붙고 있다는 것을 레이더로 확인한 주디는 다시 방향을 돌려 남하했다.

주디가 진군할 때마다 쫓아오는 차이.

주디는 계속 위아래로 왔다 갔다 하며 차이를 흔들었다.

그러는 동안 3번째 확장 기지를 완성하고 일꾼을 붙였다.

본진과 3개의 확장 기지가 팽팽 돌아가며 엄청난 자원을 주디에게 가져다주었다.

주디는 그대로 대공포를 본진과 확장 기지 곳곳에 때려 박으며 철통같은 대공방어를 구축했다.

기회가 날 때마다 확장을 하며 방어선을 보강하는 주디.

1세트부터 엄청난 장기전의 냄새가 나기 시작했다.

목표는 세트당 한 시간!

이신의 지시에 따라, 5시간 동안 5세트까지 치르겠다는 주디의 무지막지한 각오였다.

제3장

성장

1세트, 1시간 7분.

전 맵에 자원이 남아 있지 않은 상태에서, 차이는 전함과 기동포탑이라는 환상의 조합으로 간신히 승리를 거두었다.

2세트, 59분.

1기갑 더블 빌드로 기동포탑을 일찍 생산한 주디는 일찌감치 맵을 절반으로 나누는 방어선을 그으며 장기전을 유도했다.

차이가 여러 가지 공략을 시도했지만 주디의 철벽 디펜스에 막혀서 실패.

꼼짝없이 또다시 전 맵의 자원이 고갈될 때까지 승부가 안 나는 장기전이 되어 버렸다.

그러면서도 주디는 항공수송선을 소규모로 동원하여서 여러 군데 타격을 가하였다.

뿐만 아니라 스텔스 전투기도 동원해 차이의 방어선 곳곳을 다니며 괴롭혔다.

차이는 냉정한 대응으로 큰 피해를 입지 않았지만, 지속적인 주디의 견제 플레이에 손이 많이 가는 번거로움에 시달렸다.

승부가 쉽사리 나지 않자, 차이는 작심하고 인류의 최고 유닛인 전함(戰艦)을 생산하기 시작했다.

다시금 전함과 기동포탑이라는 호화로운 조합으로 끝장을 보겠다는 의지였다.

그런 차이의 체제는 주디도 알아차렸다.

이에 대응하는 주디의 대항 카드는 바로 기계보병과 첩보원.

모든 기계 유닛의 기동을 일시 정지시키는 첩보원의 봉쇄탄으로 전함을 노린 것이다.

첩보원이 봉쇄탄을 쏘고, 봉쇄당한 전함을 기계보병들이 일점사하는 전술!

─첩보원을 동원하는 주디 선수!

─봉쇄탄으로 전함을 묶어놓고 기계보병으로 격추시키겠다는 의도죠! 이러면 차이 선수도 전함을 쉽게 동원하지 못합니다.

─그렇죠! 전함 값이 얼만데요! 봉쇄탄 한 방 맞고 허망하게 잃어버리면 큰일이거든요!

좀처럼 쓰이지 않는 첩보원의 봉쇄탄이 등장하자 루즈했던 경기장의 분위기가 다시 뜨거워졌다.

차이는 전함을 쓰는 데 조심스러워질 수밖에 없었다.

봉쇄탄에 맞아 값비싼 전함이 일시 정지된 채 기계보병에게 격침당해 버리면 막대한 손해였다.

그렇게 게임은 한없이 장기전이 되었다.

급기야,

—핵 발사를 감지하였습니다.

안내 메시지에 경기장이 들썩거렸다.

주디가 핵폭탄을 사용하여 고착되어 있던 차이의 방어선을 붕괴시키기 시작한 것이다.

차이는 핵폭탄을 피해 병력을 뒤로 물려야 했고, 그 틈을 타 주디는 한 발씩 전진하며 라인을 밀었다.

방어선이 점점 뒤로 밀려나면서 차이는 궁지에 몰렸다.

하지만 그때, 차이는 전 병력을 모아 주디의 본진을 향해 돌격을 감행하는 결단을 내렸다.

삽시간에 전 병력이 결집되어 한 곳을 들이치자 주디의 진영이 순간적으로 와해되었다.

—퍼퍼퍼퍼펑!

—으악!

—으아악!

전함에게 봉쇄탄을 쏴야 하는 히든카드 같은 첩보원들이 기동포탑의 포격에 맞아 죽었다.

그것이 결정타가 되어서 주디는 2세트 역시 무릎을 꿇었다.

스코어는 2—0.

하지만 선수 대기실로 돌아온 주디에게 이신이 말했다.

"잘했어."

"잘했어요?"

2—0으로 벼랑 끝에 몰린 터라 낙심했던 주디는 눈을 동그랗게 떴다.

"계획대로 되어가고 있는 거야. 차이는 충분히 지쳤고, 지금부터가 중요해."

이신이 말을 이었다.

"3세트에서 차이가 돌발적인 행동을 취할 거야. 가장 가능성이 높은 것은 전진 병영, 그게 아니면 타이밍 러시. 그럼 네가 게임 시작하면 뭘 해야 하는지 알겠지?"

"맵 센터 정찰이요."

"그래. 조금 이른 타이밍에 정찰 나가서 잘 찾아봐. 찾아내면 네가 이긴 거야."

"네."

휴식 시간이 끝나고 주디는 다시 무대를 향해 떠났다.

선수 대기실에 홀로 남겨진 이신은 초조하게 모니터 화면을 바라보았다.

과연 적중될 것인가.

다전제의 심리전에 달통한 이신은 거의 확신하고 있었다.

하지만 만약에 빗나갈 경우, 주디는 맥없이 3—0의 완패를 당하게 되는 것이었다.

둘 다 똑같은 제자였다.

하지만 내 제자니까 잘돼야 한다는 등 스승으로서의 특별한 애정은 사실 이신에게는 별로 없었다.

하지만 주디는 달랐다.

재능을 보았기에 제자로 삼았으나 여기까지 올 줄은 몰랐던 주디였다.

노력해서 여기까지 온 그녀에게는 다른 제자들과 다른 애착을 느꼈다.

—1세트, 2세트 모두 엄청난 장기전! 하지만 간발의 차이였지만 승자는 차이 선수였습니다. 2 대 0으로 코너에 몰린 주디 선수의 마지막 경기가 될 지도 모릅니다.

—반대로 차이 선수로서는 한 번만 더 이기면 4강 진출을 확정지을 수 있습니다.

—이신 선수가 직접 선택하고 키운 두 제자의 대결, 3세트! 지금 시작합니다!

3세트가 시작되었다.

주디의 위치는 7시.

차이는 11시였다.

시작과 함께 건설로봇들에게 자원 채집을 시키는 두 사람.

그런데 차이의 건설로봇이 이른 타이밍에 밖으로 나왔다.

―차이 선수가 나갑니다!

―전진 병영인가요?!

―2 대 0으로 앞서고 있기 때문에 한 번쯤 그런 모험수를 둬도 된다는 계산이 섰겠죠?

이신은 주먹을 불끈 쥐었다.

'역시 내가 옳았다.'

역시나 빗나가는 법이 없는 이신의 예측.

이제는 주디가 이신의 말을 얼마나 신뢰하고 따르느냐에 달렸다.

―주디 선수는 무난하게 일단 군량고를 짓기… 어?!

―와아! 병영?!

그랬다.

군량고를 지어야 할 시간에, 주디는 병영을 먼저 건설하기 시작했다.

그리고 또 다른 건설로봇이 정찰을 위해 뛰쳐나갔다.

건설로봇은 귀신 같이 맵 센터를 찾아다니기 시작했다.

―주디 선수, 마치 차이 선수가 전진 병영을 할 줄을 알고 있었다는 듯이 행동하는데요?

―저러다 발견되겠는데요? 발견되나요? 아! 발견됩니다!

주디의 건설로봇이 맵 센터의 한쪽에서 병영을 짓고 있는 차이를 발견했다.

─퍼엉!

짓고 있던 병영을 즉각 취소해 버리는 차이.

건설 도중에 공격을 받아 끝내 완공을 못하게 되면 피해가 더 커진다. 때문에 즉각 취소해 버린 것이었다.

병영을 짓는 타이밍이 조금 늦더라도 불리하게 출발할 뿐, 아직 기회는 충분히 있다는 차이의 냉정한 판단이었다.

하지만······.

─주디 선수가 또 병영을 짓기 시작합니다! 아까 차이 선수가 병영을 건설하던 곳 근처에서요!

차이의 건설로봇이 사라지자, 주디는 그 근처에다가 또다시 병영을 짓기 시작한 것이다.

─2병영!!

─본진과 맵 센터에 병영을 하나씩 짓고 있습니다! 보병을 쭉쭉 뽑아서 아주 끝내 버리겠다는 심산입니다!

─차이 선수는 심지어 병영을 도중에 취소하는 바람에 많이 늦었거든요? 하물며 전진 병영을 들켰는데 도리어 상대가 2병영 치즈러시를 준비했을 줄은 상상도 못할 거거든요!

─주디 선수의 판단인가요, 아니면 함께 온 스승 이신 선수의 책략인가요? 차이 선수의 생각을 완전히 읽고 강력한 카운터를 준비했습니다!

경기장에 함성 소리가 울려 퍼졌다.

화면으로 주디의 플레이를 보면서, 이신은 전율을 느꼈다.

그저 차이의 전진 병영을 일찍 간파하고 우세를 가져간 채 시작하라는 뜻이었다.

그런데 주디는 한술 더 떠서 아주 극단적인 전략을 펼쳤다.

이신의 예측을 100% 신뢰하고 모든 것을 건 승부수를 띄웠다.

2개의 병영에서 보병이 계속 생산된다.

보병이 어느 정도 모이자 주디가 공격에 나섰다.

건설로봇까지도 다수 동원한 총공세였다.

―주디 선수 갑니다!

―아 맙소사! 차이 선수는 별다른 방비가 안 되어 있습니다!

하지만 꼼꼼한 차이는 북상하는 주디의 군세를 정찰을 통해 중도에 발견했다.

화면에 비치는 차이의 얼굴에 큰 동요가 비춰졌다.

차이는 부랴부랴 보병을 뽑고 참호를 짓기 시작했다.

하지만 주디의 군대는 참호가 완공되기 전에 도착했다.

―투타타타타타타!

―퍼엉! 펑!

―으악!

―으아악!

차이는 건설로봇을 모조리 동원해 디펜스에 나섰다.

주디는 침착하게 가까이 접근하는 건설로봇들부터 일점사로 제거하기 시작했다.

보병들의 사거리를 왔다 갔다 넘나들며 시간을 끄는 차이.

하지만 주디는 2개의 병영에서 보병이 계속 충원되었다.

컨트롤 싸움도 어느 정도 전력이 비슷해야 할 수 있는 일이었다.

압도적으로 많은 수의 보병을 앞세워서 주디는 본진 출입구를 돌파했다.

퍼엉, 펑, 폭죽 터지는 듯한 소리와 함께 건설로봇들이 잇달아 파괴되었다.

결국 차이는 허망하게 GG를 선언해야 했다.

—주디 선수의 승리!

—스코어는 2 대 1. 앞서 연속되었던 장기전이 무색하게도 주디 선수가 아주 손쉽게 1점 따라붙습니다!

—아주 간신히 고생고생하면서 2승을 한 차이 선수거든요. 이렇게 쉽게 1패를 내준 것이 차이 선수로서는 아주 쓰라릴 겁니다.

—그렇습니다. 2 대 0과 2 대 1은 전혀 다르거든요. 게다가 심리를 완벽하게 읽히고 역이용당했다는 점에서 심리적인 대미지도 큽니다.

주디는 기뻐서 한달음에 선수 대기실에 돌아왔다.

"선생님! 이겼어요!"

이신은 엄청난 모험을 감행했으면서도 여전히 천진난만한 모습인 주디를 멍하니 바라보았다.

"어쩌려고 그랬어?"

"선생님이 전진 병영이라고 하셨잖아요."

"아닐 수도 있지."

"그런 가정은 제게 필요하지 않아요."

주디는 웃으며 말을 이었다.

"선생님께서 그러셨잖아요."

그 말에 어안이 벙벙해진 이신.

"저곳에 앉아 있으면 선생님 말밖에 생각나지 않아요. 다른 생각은 나지 않아요."

그녀의 말에 비로소 이신은 주디에게 주입식 아바타 교육을 펼치면서 했던 말이 떠올랐다.

"머리를 비워. 내 말만 생각나게끔 머릿속에서 너를 지워 버려."

첫 만남부터 데뷔하기까지 이신에게 가르침을 받은 주디.

당초의 예상보다 더 놀라운 성장을 이루어낸 원동력이 거기에 있었다.

지금까지도 주디의 안에는 이신의 아바타가 되고 손발이 되어서 그의 플레이를 모니터에 옮겨 담던 기억이 살아 있었다.

차이의 전진 병영을 2병영이라는 극단적인 승부수로 받아쳤던 플레이는 바로 주디의 몸에 각인되어 있는 이신의 스타일이었다.

이신은 묘한 감흥을 느꼈다.

이제 겨우 1년 남짓.

그동안 선수로서 많은 성장을 했다고 평가되는 주디는, 여전히 그때 그 귀여운 외국인 소녀 그대로였다.

"…그래. 한번 해보자."

이신이 말문을 열었다.

"이기나 지나 어디 한번 둘이 같이 해보자."

"네!"

"상대를 이기려면 가장 중요한 게 뭐라고 했지?"

"악의요."

"그래, 그럼 생각해 보자. 네가 뭘 해야 저 태국 꼬맹이가 가장 기분 나빠할까?"

주디는 쿡쿡 웃었다.

"모르겠어요. 가르쳐 주세요."

이신이 말했다.

"전진 병영."

"아……."

"3세트의 실책을 비꼬듯이 네가 전진 8병영으로 가볍게 찔러. 힘을 많이 실을 필요는 없어. 그냥 기분 나쁘게 만들면서 시작하는 거야."

"네."

"큰 성과가 없었다면 광산은 천천히 올리면서 최대한 부유하게 운영해. 본진이 언덕이라 상대방의 고속전차는 보병으로 방어

할 수 있으니까."

"네."

이신은 자각하지 못했다.

자신이 처음 만났던 그때보다, 지금 더 따뜻한 표정으로 주디를 바라보고 있다는 사실을 말이다.

주디는 그저 웃음기를 머금은 밝은 표정으로 이신의 말을 경청할 뿐이었다.

8강전 3경기, 차이 대 주디.

승부는 서서히 막바지에 이르고 있었다.

*　　　　　*　　　　　*

e스포츠의 정점에서 오랫동안 군림해 온 신.

그 신의 두 제자가 사투를 벌였다.

세상에서 가장 인류를 잘 플레이하는 남자에게 사사한 두 제자의 대결은 인류 대 인류 국지전의 진수였다.

기동포탑의 사거리를 정확하게 재며 단 1㎝의 땅도 양보하지 않는 국지전!

맵을 나눠 가지면서도 서로에게 조금의 빈틈도 주지 않았다.

강력한 우승 후보의 한 사람으로 32강에서 이신을 한차례 꺾은 적도 있는 차이는 완벽한 운영과 강력한 한 방으로 정평이 나 있는 강자였다.

그런 차이에게 주디는 역부족이라는 평가가 지배적이었다.

공격력 부족.

창의성 부족.

단조롭고 수동적인 플레이 스타일.

무엇보다도 자신만의 색깔의 부재(不在).

비록 미모의 여성에 수준급 실력을 갖춘 것으로 세계적인 인지도를 가진 주디였지만, 꼬리표처럼 따라붙는 지적을 피할 수는 없었다.

하지만 이번 8강전을 통해서 주디는 한층 성장하였다.

자신만의 뚜렷한 색깔을 찾았다고 보는 편이 옳았다.

바로 공격적인 부유함!

주디에게 날카롭게 파고들어 상대에게 상처를 입히는 견제 플레이에 재능이 없다는 것을 알고, 이신은 부유함을 무기로 삼는 스타일을 주문했다.

이신의 혜안대로 그것은 주디의 적성에 딱 맞는 것이었다.

틈날 때마다 생산 유닛을 더 뽑고, 확장 기지를 빠른 타이밍에 가져가며 엄청난 자원을 확보한다.

그러면서도 탄탄한 수비력으로 상대의 공격을 격퇴하고, 상대가 피해를 추스르는 틈을 타서 오히려 더 확장을 하며 끝없이 몸집을 불린다!

귀신 같이 승부의 타이밍을 읽고 강력한 한 방을 선보이는 차이로서도, 이런 주디스 레벨린을 상대로는 1시간이 넘어가는 엄청난 장기전을 면치 못했다.

하지만 끝내 승부를 결정짓는 강력한 한 방이 부족했다.

1세트와 2세트를 내리 차이에게 내주고 말았다.

시종일관 자원 우위 속에서 국지전을 벌여 병력 소모를 교환하고, 계속 재생산해 충원시키는 자원 싸움을 펼친 주디.

하지만 차이는 그런 주디의 자원 우위를 활용한 공세를 끝까지 버텨내며 기회를 엿봤고, 끝내 자신의 장기인 묵직한 결정타로 2연승을 거두었다.

'하지만 거기까지도 내 상정 범위 안이었다.'

애당초 순수한 실력만으로 놓고 봤을 때 주디가 차이를 이길 수 있으리라고는 생각되지 않았다.

특히나 5세트까지 이어지는 다전제에서 차이를 꺾기란 이신 자신도 쉬운 일이 아니었다.

다만 변수를 일으킬 수 있는 요소가 있다면 바로 멘탈.

심리전이 매우 큰 변수로 작용하는 다전제의 특성을 살려, 차이의 멘탈을 흔들어 역전승을 얻어내는 시나리오를 구상했다.

내리 장기전을 치러 피로해졌고, 스코어도 유리해서 한 번쯤은 모험을 해볼 만하다는 심리의 역점을 찌른다.

그 결과 3세트를 승리로 가져올 수 있었다.

특히나 주디는 매우 잘해주었다.

전진 병영을 2병영 치즈러시로 역이용하는 파격적인 승부수로 채 5분도 걸리지 않아 승리를 따냈다.

여기서부터 차이의 멘탈은 흔들린다.

2시간에 걸쳐 2승을 쟁취했는데 5분 만에 1패를 내줬다.

게다가 자신이 준비한 전략을 완벽하게 읽히고 역이용당했다는 심리적인 상처와 불안감!

이 멘탈 불안정이 4세트에도 영향을 미쳐 2—2의 스코어를 만든다.

거기까지가 이신의 시나리오였다.

그리고 놀랍게도 정확하게 먹혀들었다.

─주디 선수의 전진 병영! 와하하! 차이 선수가 3세트에서 시도했던 것을 그대로 보란 듯이 선보입니다!

─이걸 보면 차이 선수가 심리적으로 영향을 안 받을 수가 없겠네요.

─그럼요! 3세트에서 자기가 시도했다가 실패한 걸 상대가 바로 자기한테 써먹으면 열 받죠!

─이걸 누가 지시했는지는 안 봐도 알 것 같네요.

─이신 선수죠!

─예, 상대를 기분 나쁘게 만드는 심리전은 이신 선수의 추특기 중 하나거든요. 보는 팬들이야 그저 재미있지만 당하는 당사자도 재미있지는 않죠.

─자, 주디 선수가 갑니다!

보병과 건설로봇을 공격에 동원한 주디는 그대로 차이의 진영에 난입하여서 건설로봇을 공격했다.

깜짝 놀란 차이는 건설로봇을 동원하여서 디펜스를 했다.

이신처럼 살인적인 블로킹은 아니었으나, 차이의 건설로봇 컨트롤도 수준급이었다.

컨트롤 싸움으로 가면 필패!

주디는 욕심 내지 않고 적당히 거리를 두며 시간을 끌었다.

차이가 계속 일정 숫자의 건설로봇을 싸움에 쓰게 만들어서 자원 채집을 못 하게 하는 것도 이득이었기 때문이다.

하지만 추가 생산된 보병이 계속 합류하자 보다 적극적으로 밀어붙였다.

차이도 급히 생산한 보병과 다수의 건설로봇으로 맞서 싸웠고, 마구 뒤엉킨 진흙탕 싸움 끝에 방어에 성공했다.

보병 2명을 잃은 주디였지만 건설로봇 4기를 잡는 데 성공한 터라 더 욕심 내지 않고 순순히 물러났다.

지금의 공격은 득실로 이득을 보기보다는 차이의 멘탈을 흔든다는 점이 중요했다.

불의의 공격을 당한 터라 미리 준비해 왔던 운영에 차질이 발생했다.

물론 상황을 빠르게 수습하고 재정비하는 운영 능력이 있는 차이였지만, 심리적으로 흔들렸을 때는 얘기가 달랐다.

건설로봇의 숫자와 테크 트리 올리는 속도를 조절하며 운영을 본궤도로 돌려놓은 차이였지만, 한 가지 전략에 대해서는 미처 대비하지 못했다.

―스르륵.

스텔스 모드로 모습을 감춘 채 폭격을 가하는 전투기 편대였다.

전진 병영에 이어서 또다시 흔들기에 나선 것이다.

공대지 공격력이 약한 스텔스 전투기였지만, 상대의 신경을 건드리는 데는 특화된 유닛 중 하나였다.

보이지 않은 채 공격 받는다는 것은 상당한 스트레스를 유발하기 때문이었다.

건설로봇을 1기씩 사냥하며 차이의 본진을 활개치고 다니는 주디의 스텔스 전투기들.

본진과 앞마당을 왔다 갔다 하며 계속 차이를 괴롭혔다.

쓸데없이 휘둘리면서 예상보다 큰 피해를 입은 차이는 시종일관 끌려 다니다가,

―GG!

―차이 선수가 GG를 선언합니다. 이렇게 되면 스코어는 2대 2 동점!

―16강에서 신지호 선수를 상대로 보였던 패패승승승 역전 시나리오에 똑같이 당할 위험에 놓였습니다!

―결정력의 부재로 1, 2세트를 내줬습니다만 놀라운 심리전으로 3, 4세트를 이기고 끝내 5세트까지 끌고 가는 데 성공한 주디 선수! 정말 대단합니다!

―아니면 뒤에서 지시를 내렸을 이신 선수의 대단함인지도 모

르겠습니다. 아무튼 승부는 끝내 5세트까지 갔습니다. 양 선수 모두 이제는 물러설 수가 없게 되었습니다. 보다 위로 올라가기 위해서는 말입니다!

선수 대기실로 돌아온 주디에게 이신이 말했다.

"잘했어. 여기까지는 우리가 계획했던 대로야."

"네, 선생님 덕분이에요."

"심리전으로 2승, 그리고 순수한 실력으로 겨루는 운영 대결에서 3판 중 최소 1승. 이게 내가 구상했던 시나리오야."

"……"

"이제 남은 건 실력뿐이야. 아무리 작전이 좋아도 5판 3선승 다전제의 5세트까지 승리를 책임져 주지는 못해."

"네."

"다만 조언은 해줄 수 있지. 다전제에서 연패를 하다 보면 나타나는 심리적인 현상이 있어."

"그게 뭐예요?"

"자기가 이겼던 세트의 플레이를 다시 쓰게 돼. 마지막 기회이기 때문에 실패한 전략은 다시는 못 써. 심적인 부담이 누적되다 보니 안정감을 얻으려는 거야."

"그럼……"

"장기전이지. 1, 2세트 때처럼 1시간이나 싸움을 치르는 한이 있더라도 이기는 쪽을 택할 거야. 전진 8병영 같은 초반 찌르기는 시도할 엄두도 못 낼 거야."

"그럼 전 어떻게 해야 해요?"

"내가 어떤 콘셉트로 운영을 하라고 했지?"

잠시 생각하던 주디가 이내 뭔가를 떠올렸다.

"부유하게 플레이하라고 하셨어요."

"그래, 확 째버려. 차이에게 아직 정신적인 대미지가 남아 있어. 초반에 공격적으로 나오지 못해. 그러니까 생 더블로 시작하고 확 째버려. 보다 부유하게 플레이할 때 네 장점이 나올 수 있는 거야."

"네!"

그때 경기장 스태프가 들어와 휴식 시간 종료를 알렸다.

"다녀올게요."

주디는 씩씩하게 일어났다.

문득, 이신은 손을 들었다.

그의 손길이 익숙하게 주디의 머리로 향한다.

쓰다듬는다.

자상한 손길.

자연히 주디의 얼굴에 환한 웃음이 맺힌다.

이신은 울컥 치밀어 오르는 이상한 기분을 느꼈다.

이상한 일이었다.

최후의 싸움에 나서는 주디를 보고 있노라면 마치 다 큰 아기 새를 하늘로 날려 보내야 하는 것처럼, 물가에 내놓은 아이처럼 자꾸만 걱정되고 불안하며, 꼭 이겼으면 하고 응원하게 되는 것이었다.

"차이와 결승전에서 붙고 싶으세요?"

붙고 싶다.

누구든 상관없다.

자신을 꺾을 수 있는 강한 상대와 피 말리는 승부를 하고 싶다.

차이는 그러려고 데려온 녀석이다. 강해져서 자신을 꺾으라고.

"혹시 제가 차이를 이겨서 4강에 올라가더라도 실망하지 않으실 거죠?"

실망할지도 모르겠다.

그의 승부욕을 채워주기 위해서라도 차이는 겨우 이 정도에서 무릎 꿇어서는 안 된다.

남들이 보기에는 퍽 이상해 보일 기이한 행실을 많이 일삼아온 이신.

하지만 결국 그는 늘 자신의 욕망에 충실했을 뿐이었다.

게임이 하고 싶었고 그 외의 모든 걸 하고 싶지 않았고 더 강한 상대와 재미있는 게임을 하고 싶었다.

하지만 지금 이 순간은,

"네가 이겼으면 좋겠어."

이신의 말에 주디의 눈이 커졌다.

당연한 응원이지만 이신의 입에서 그런 말이 나왔다는 것은 아주 이례적인 일이었다.

"더 정확하게는, 네가 지는 모습을 보고 싶지가 않아. 왜 이런 생각이 드는지는 모르겠지만."

"선생님……."

"그러니까 가서 이기고 돌아와."

감격 어린 얼굴이 된 주디.

그런 그녀가 문득 말했다.

"선생님, 제 소원이 뭔지 아세요?"

"뭔데?"

"선생님이랑 단둘이 집 앞의 공원을 걷는 거예요."

"…고작 그거야?"

"네, 그냥 그거예요."

이신은 허탈하다는 표정으로 말했다.

"그 정도는 얼마든지 들어줄 수 있어."

"정말요?"

"이기든 지든 얼마든지."

"약속하신 거예요."

"어."

그때, 경기장 스태프가 다시 들어와 입장을 재촉했다.

주디는 밖으로 떠나면서 말했다.

"근데 저희 집이 밴쿠버에 있는 건 아시죠?"

흠칫.

눈을 크게 뜬 이신.

주디는 후다닥 도망치듯이 떠나 버렸다.

그제야 이신의 머릿속에 밴쿠버에 있는 아주 유명한 공원이 떠올랐다.

*　　　*　　　*

—결국 여기까지 왔습니다. 8강전 3경기 5세트, 맵은 투지. 이제 승자와 패자가 여기서 결정됩니다!

—전 판과 전전 판을 모두 내주면서 정신적으로 상당한 부담을 느끼고 있는 차이 선수, 표정이 아주 비장합니다.

—그에 반해서 주디 선수는 웃고 있죠? 하하, 기분 좋은 일이라도 있는 걸까요?

—자신감의 표현인지는 모르겠습니다만 아무튼 정신적으로는 차이 선수보다 더 컨디션이 앞서 있는 모습입니다.

—과연 패패승승승 리버스 스윕이라는 드라마가 또다시 연출될 것인가, 아니면 차이 선수가 이 위기를 극복하고 올라갈 것인가! 이제 모든 게 끝납니다!

—경기 시작하겠습니다!

—주디 선수가 돌파를 시도합니다!

—모든 게 걸린 승부입니다!

5세트.

주디가 전 병력을 끌고 총공세를 시작했다.

일순간 병력을 한 지점에 집결시켜 차이의 본진을 향해 진격하기까지의 과정은 전광석화.

강력한 한 방이 없어서 아쉽다는 주디의 평가를 뒤집는 필살의 결단이었다.

―파앗!

―파아앗!

전술위성이 앞서 전진하는 기동포탑 2기에게 디펜시브 실드를 걸었다.

―퍼퍼퍼퍼펑!

차이의 방어선에서 기동포탑들의 포격이 쏟아졌지만 디펜시브 실드로 받아쳤다.

주디의 기동포탑들도 포격모드로 전환하여 맞대응을 시작했다.

―콰콰콰콰콰쾅!

천지를 뒤흔드는 굉음.

일제히 폭발하는 서로의 유닛들.

세계대전을 연상케 하는 박력 넘치는 일대 장관이었다.

―숨겨놓았던 전술위성 2기가 신의 한 수로 작용합니다! 또 절반 싸움 장기전을 하는 것처럼 라인을 긋다가 벼락같이 돌파를 시도한 거거든요!

—전술위성을 봤으면 차이 선수도 돌파 시도가 올 거란 걸 알아차렸겠죠. 그래서 계속 숨겼던 겁니다. 차이 선수, 불의의 일격에 지금 많이 당황했습니다!

차이의 방어선이 돌파되었다.

지금 이 순간, 주디는 완전히 신들려 있었다.

전술위성으로 공격을 받는 유닛에게 정확하게 디펜시브 실드를 거는 센스.

추가 생산되는 고속전차들은 지뢰를 매설하며 다른 방면을 지키고 있다가 급히 합류하는 차이의 병력을 차단시켰다.

—차이 선수, 이대로 당할 겁니까?

—스텔스 전투기 체제를 준비하는 도중에 당한 일격이라 지상군에서 밀리고 있습니다. 하지만 이대로 당할 리가 없습니다! 어떻게든 버텨야죠!

대형화면에 비친 차이는 진땀을 흘리고 있었다.

하지만 두 눈동자는 푸른 독기의 빛이 일렁였다.

다른 방면에서 방어선을 이루고 있던 지상군은 주디의 군세의 허리를 끊었다.

추가 생산 병력이 합류하지 못하도록 진격 루트를 끊는 판단!

게다가 앞마당을 포기하고 잔존 수비 병력을 본진에 배치했다.

앞마당은 과감하게 포기.

대신 언덕 위에 있어 방어에 용이한 본진만 수비하며 시간을 벌겠다는 뜻이었다.

—퍼퍼퍼펑—!

—콰콰콰콰쾅!!

마침내 차이의 앞마당에 당도한 주디의 군대.

앞마당은 기동포탑들의 포격에 의해 핵탄두라도 맞은 것처럼 일순간에 날아가 버렸다.

공격에 합류시킨 건설로봇들은 그 자리에 대공포를 마구 지었다.

차이가 준비하는 스텔스 전투기 카운터에 대비한 판단이었다.

—퍼퍼퍼퍼퍼펑!

그러는 와중에 주디의 추가 생산 병력이 허리를 끊은 차이의 병력과의 교전을 시작했다.

새롭게 생산된 전술위성이 또다시 디펜시브 실드를 걸고 포격망을 뚫기 시작했다.

—전 지역에서 전투가 벌어지고 있습니다! 양쪽 모두 사활을 건 전면전입니다! 이렇게 박력 넘치는 전쟁이 또 있었던가요?!

—전체적으로 차이 선수가 아주 위태롭습니다. 하지만 스텔스 전투기 편대로 끊임없이 주디 선수의 확장 기지를 타격하고 있습니다. 어떻게든 버티면서 주디 선수의 자원 줄을 끊으면 결국은 이긴다는 계산입니다.

—양 선수 모두 지독합니다!

급기야 주디는 자원이 고갈된 지역에서 놀고 있는 건설로봇들까지 총동원했다.

건설로봇들을 총알받이 삼아서 계속 밀어붙이는 것이었다.

―퍼퍼퍼퍼펑!

―퍼퍼퍼퍼퍼펑!!

건설로봇이 의외로 강력한 일격을 발휘했다.

허리를 끊고 있던 차이의 병력이 건설로봇들의 합류로 인해 급격히 위태로워지고 있었다.

―차이 선수가 후퇴합니다! 얼마 안 되는 잔존 병력을 이끌고 도망칩니다.

―주디 선수는 쫓지 않습니다. 곧장 차이 선수의 본진으로 향하죠!

허리를 끊던 차이의 군대가 후퇴.

길이 열리자 본진을 타격하는 주디의 공격력이 더욱 강력해졌다.

―퍼퍼퍼퍼펑!

출입구가 뚫리고,

―파아앗! 파앗!

디펜시브 실드로 보호된 채 주디의 기동포탑들이 본진 안에 난입했다.

차이는 기갑 정거장을 비롯한 주요 건물 일체를 공중에 띄워 버렸다.

본진 포기!

주요 건물들이 다른 지역으로 느릿느릿 날아가는 사이, 주디는 본진에 남아 있는 군량고들을 일제히 파괴해 버렸다.

　군량고를 모조리 잃자 삽시간에 차이의 인구수 한계치가 줄어들었다.

　—차이 선수, 끝내 본진 포기!

　—확장 기지 지역에서 건설로봇들이 대거 동원되어서 군량고를 새로 짓기 시작합니다!

　—하지만 모두 수복하기 전까지는 병력 생산이 불가능합니다. 얼마 안 되는 지상군과 스텔스 전투기만으로 어떻게 주디 선수의 공세를 막아낼 수 있을까요?!

　—이러는 동안에도 주디 선수는 계속 병력을 생산하고… 어어?!

　주디의 개인 화면이 나타났다.

　…자원이 없었다.

　끈질기게 확장 기지를 타격했던 스텔스 전투기의 견제 플레이가 통한 것이었다.

　—맙소사! 주디 선수에게 남은 자원이 없습니다! 이러면 결과를 알 수 없어요!!

　—지금 남아 있는 주디 선수의 병력만 어떻게든 막아내면 됩니다! 군량고 다시 수복하고 병력 생산 라인이 다시 가동되면……!

　—주디 선수도 급히 움직입니다! 목표는 차이 선수의 새로운

확장 기지! 예, 저기만 밀면 이긴다는 걸 알아요!

데뷔 이래 가장 강력한 모습의 주디였다.

광기의 폭군처럼 군세를 이끌고 본진을 밀고 차이의 숨통을 유지시키고 있는 심장부를 향해 진격했다. 조금의 망설임도 없었다.

데뷔 이래 가장 처절하고 간절한 모습의 차이였다.

스텔스 전투기 편대를 두 개로 나눠 한 패는 계속 주디의 자원 줄을 끊고 다른 한 패는 불러들여 얼마 없는 지상군과 함께 방어를 했다.

가만히 웅크린 채 가드 올리고 펀치를 기다리지 않는다.

그랬으면 진즉에 GG를 쳐야 했으리라.

차이는 능동적으로 전투기 편대를 동원해 요격에 나섰다.

주디의 군세의 후미에 따라붙으며 고속전차나 기동포탑 등을 하나하나 교묘하게 처치해 갉아나갔다.

끝까지 물고 늘어지는 독한 플레이였다.

그러다가,

―퍼어엉!

화면에 터져 나가는 이펙트.

"와아아아아아!!"

"오오오오―!!"

경기장에 쩌렁쩌렁한 함성이 울려 퍼졌다.

주디의 전술위성이 스텔스 전투기 편대에게 무력화탄을 맞춘 것이다.

에너지가 삽시간에 0이 되면서 전투기들의 스텔스 모드가 해제되었다.

모습이 드러나자 기계보병들이 미사일을 쏘았다.

급히 물러서는 스텔스 전투기 편대.

─날카로운 대응! 주디 선수 승리에 대한 집념이 대단합니다! 이 정도의 선수였습니까?!

하지만 그 순간부터 차이는 일생일대의 컨트롤을 펼쳤다.

스텔스 전투기들이 치고 빠지는 컨트롤을 끊임없이 펼쳤다.

노리는 것은 무조건 기계보병!

기계보병만 없으면 주디에게는 지대공 수단이 없는 것이었다.

그러자 저편에서 한 무리의 유닛들이 몰려온다.

건설로봇들!

건설로봇들이 다닥다닥 기계보병에게 붙어서 수리를 했다.

기계보병이 다 잃으면 진다는 걸 알기 때문에 동원한 수단이었다.

그러자 차이의 전투기들은 계속 터닝 샷을 날리며 건설로봇의 숫자를 줄여 나갔다.

기계보병도 지대공 미사일을 쏘며 맞대응.

차이는 체력이 다 닳은 스텔스 전투기를 빼내어 수리한 뒤에 다시 전투에 투입시킨다.

주디는 전투기의 견제를 받으면서도 계속 진군, 차이의 확장 기지에 이르렀다.

—퍼퍼퍼퍼펑!

시작되는 포격전.

피를 토하는 처절한 싸움이 이제 막바지에 이르고 있었다.

시간이 흐르는 줄도 모르고, 모두가 그저 사투를 지켜보았다.

승리의 여신이 한쪽의 편을 들어주었다.

—아아, 주디 선수……!

—끝내 저 벽을 뚫지 못합니다. 길었던 싸움에 마침내 승자와 패자의 갈림길이 보이기 시작합니다.

기계보병 전멸!

건설로봇들이 많이 붙었지만, 아이러니컬하게도 남은 자원이 없어서 수리가 불가능했던 것이다.

결국 주디는 차이의 스텔스 전투기 편대에게 맞설 수 있는 수단이 사라진 것이다.

최선을 다해 밀어붙였지만, 차이는 다시 건물을 모조리 띄워서 또다시 피난하면까지 끈질기게 버텼다.

도망치는 차이를 쫓지 못한 채, 결국 모든 병력이 전투기들에게 잡아먹혔다.

계속해서 패주하면서도 독하게 물고 늘어져서 끝내 주디의 모든 병력을 잡아먹은 차이.

이제는 다시 확장 기지를 되살리고 테크 트리 및 유닛 생산 라인을 수복하며, 자신이 가진 모든 병력을 쥐어짜 주디를 공격했다.

　속절없이 무너져간다.

　대형화면에 주디의 모습이 비춰졌다.

　전부 불태워 버린 소녀의 하얀 얼굴이 더더욱 창백하다.

　담담하게 패배를 받아들이려 하는, 그럼에도 터져 나오는 감정의 격류를 감출 수가 없는 그런 표정이었다.

　나직한 한숨.

　주디는 힘없이 웃으며 키보드를 타이핑했다.

　—iLoveSin : Congratulation.

　—iLoveSin : GG

　길었던 혈투는 그렇게 막을 내렸다.

　승리를 거둔 차이는 완전히 탈진한 듯, 물을 마시고는 이마를 매만지며 한숨을 돌리고 있었다.

　그리고 주디는 부스를 떠나지 못한 채 가만히 앉아 있었다.

　장비를 챙길 생각도 못한 채 그냥 그대로 가만히……

　그때였다.

　"꺄아아악!"

　"오빠!"

　갑자기 경기장에 찢어질 듯한 함성이 울려 퍼졌다.

　그도 그럴 것이, 선수 대기실에 있던 이신이 무대에 나타난 것이었다.

이신은 주디의 부스에 들어왔다.

한숨을 쉬더니 블레이저의 윗주머니에 장식된 행커치프를 꺼내 주디에게 건넸다.

주디는 그것으로 눈물을 닦았다.

이럴 땐 뭐라고 위로를 해야 할까?

아무렇지 않게 섰지만 사실 이신은 당황했다.

이럴 때 누군가를 위로해 준 적이 한 번도 없었기 때문이다.

자기 실력이 안 돼서 진 건데 무슨 위로가 필요하단 말인가?

애써 머리를 쥐어짠 끝에 이신은 분위기를 전환할 농담이랍시고 한마디를 내뱉었다.

"내가 복수해 줄게."

위로인지 농담인지 알 수 없는 이상한 한마디에, 주디는 눈물을 닦다가 그만 웃음을 터뜨리고 말았다.

"분하고 슬퍼서 운 거 아니에요."

주디가 눈물을 다 닦고는 다시 행커치프를 곱게 접어 이신의 블레이저에 꽂아주었다.

"그냥 감격스러웠어요. 제 모든 힘을 다 발휘했고, 그걸 넘어서 제 한계보다 더 높이 날아올랐어요. 이런 경험은 처음이에요."

"……."

"역시 게임이 정말 좋아요. 게임을 가르쳐 주셔서 감사해요."

환하게 웃는 주디.

그런 그녀를 보며 이신도 미소 짓는다.

감개무량했다.

제자가 한계를 깨고 더 성장한 순간을 지켜보는 스승의 기분이란 이런 것이리라.

제자를 여럿 두었지만 딱히 애착 같은 건 없었는데 말이다.

소중한 사람이 자신뿐만이 아니라는 것을 오늘 이신은 배울 수 있었다.

어찌 보면 오늘의 경기로 성장한 사람은 주디만이 아닌지도 몰랐다.

"가자."

"네."

두 사람은 패자답게 조용히 무대에서 퇴장했다.

하지만 카메라는 떠나는 두 사람을 마지막까지 잡고 있었다.

위로해 주고, 서로를 보며 웃고, 정답게 떠나는 모습까지 모두 담아 대형화면에 내보낸 것이었다.

다음 날, 8강 4경기에서는 박영호가 남궁민재를 잡아내고 4강 진출을 확정지었다.

그날의 경기는 차이와 주디의 엄청난 명승부에 준할 정도로 팬들에게 볼거리를 제공했다.

3—0 완파!

박영호는 그야말로 완벽한 경기력으로 남궁민재를 박살 낸 것이었다.

이번 대회에서 박영호와 기세가 심상치 않다는 목소리가 나오기 시작했다.

이신, 진철환, 차이, 박영호.

4강 대진이 확정되면서, 이번 2021년 전반기 개인리그는 올도어SCC와 JKT의 대결이라는 구도가 만들어져 팬들의 흥미를 끌었다.

인류 제국 대 괴물 제국.

개인은 물론 팀과 종족의 명예까지 걸린 대결이었다.

제4장

동향

[올도어SCC, 2라운드 우승!]
[신의 군단, 무패 행진 이어가]

이신의 진영에 겹경사가 터졌다.

이신과 차이의 4강 진출에 이어, 소속 팀인 올도어SCC가 2라운드도 우승을 차지한 것이었다.

2라운드 플레이오프에서도 종합 우승을 차지하면서 승점 40점을 더 챙겨간 올도어SCC는 사실상의 국내 최고 강팀으로 이미지를 확고히 했다.

종합 승점은 단연 압도적인 1위.

2위인 쌍성전자와의 격차도 상당했다.

이에 따라 쌍성전자나 JKT 등 프로리그 우승컵을 노리고 있는 팀들은 승점에서 올도어SCC를 따라잡을 생각은 아예 포기해야 했다.

약체 팀이라도 거기에 이신 한 사람이 주전 멤버로 끼어 있으면 무섭다.

하물며 올도어SCC는 이신의 원맨 팀이 아니었다.

우승 후보로 떠오른 차이도 있고, 꾸준히 좋은 승률을 내는 주디도 있었다.

유진영과 사나다 료 또한 웬만한 팀에서는 에이스를 할 만한 뛰어난 역량의 소유자들.

거기에 '괴물전 스페셜리스트' 존까지 있으니, 여기까지만 하더라도 쌍성전자를 능가하는 호화로운 올스타급 주전 라인이라 할 수 있었다.

그런데 한 명이 더 나타났다.

[4번째 제자 장양, 프로리그 2라운드 MVP 수상 '새로운 수제자 탄생']

[이신發 대형 신인 또 나타나]

[마이더스의 손 이신, 키우는 제자마다 대성공]

[4번째 제자' 장양은 누구?]

바로 장양이었다.

2라운드부터 데뷔한 장양은 2라운드를 플레이오프까지 전부 치르면서 단 1패만 하였다.

그 1패도 황병철에게 당한 괴물 대 괴물 동족전이었다.

아무리 실력이 뛰어난 괴물 플레이어도 동족전에서만큼은 질 수 있었다.

괴물의 동족전은 가위바위보처럼 한순간에 끝나버리는 일합 (一合) 싸움의 성격이 강하기 때문.

당연히 심리전이 매우 중요한 요소를 차지하는데, 이런 부분에 약한 장양이 일합 싸움에 도가 튼 황병철에게 진 건 이상한 일이 아니었다.

어쨌거나 팬들의 관심은 다소 개인리그에 쏠려 있었으나, 프로리그 관계자나 전문가들 사이에서는 장양을 매우 높게 평가했다.

'멀티태스킹과 컨트롤의 정교함은 박영호 이상이다.'

'어쩌면 차이 이상의 대형 신인일지도 모른다.'

'이신이 또 한 명 괴물 같은 제자를 키웠다.'

'천재가 또 나타났다.'

그런 평가는 결코 과장된 것이 아니었다.

올해 최고의 대형 신인으로 평가되는 차이도 장양처럼 임팩트 있지는 않았다.

왜냐하면 차이의 장점은 눈에 보이는 화려한 부분보다는 운영과 판단력의 측면에서 주로 나타나기 때문.

하지만 장양은 달랐다.

손 빠르기와 컨트롤은 컴퓨터처럼 정교했고 한 치의 오차도 없었다.

아슬아슬하게 초단위로 타이밍을 맞춰내는 시간 감각은 소름 끼칠 정도.

이건 어딜 봐도 이신의 괴물 버전이었던 것이다.

중국 정계 거물의 손자에 자폐증을 앓았던 이력까지, 장양은 여러 가지로 흥미로운 스토리가 풍부하게 나오는 스타성 넘치는 신인이었다. 그런 기질마저 이신을 닮았다.

'올도어SCC 빼고 다 죽으라는 말인가?'

'제자들만 데리고 있어도 세계 최고 수준의 강팀.'

'차이와 장양은 다른 팀에 줘야 밸런스가 맞을 것이다.'

'이신이 예전보다 훨씬 강력한 독재체제를 다지기 시작했다.'

'올도어SCC를 제외한 다른 팀에게는 암흑기가 시작될 것.'

게다가 올도어SCC의 힘은 선수뿐만이 아니었다.

자본력과 미디어 파워를 갖춘 올도어라는 최고의 배경.

최환열이 이끄는 우수한 코치진과 박진수가 이끄는 국내 최초의 전략팀까지!

혼자서 게임을 잘할 수는 있다.

하지만 이런 말도 안 되는 강팀을 불과 몇 개월만에 뚝딱 만들어낸 것은 정말 황당할 정도의 파워였다.

은퇴 후 복귀하면서 이신은 자신이 가지고 있지만 그동안 사용하지 않았던 파워를 한껏 발휘하기 시작했다는 평가였다.

　그것이 월드 SC 단체전 금메달을 거머쥐기 위한 이신의 도전이라고 생각하면 더더욱 전율스러운 것이었다.

　이신은 목표를 이루기 위해 이렇게까지 할 수 있는 남자라는 것이었다.

　"건배!"

　"건배—!!"

　경기가 없는 주말의 늦은 저녁이었다.

　올도어SCC의 모든 선수와 코칭스태프 등이 모여서 축배를 들었다.

　장소는 올도어 본사 지하에 있는 구내식당이었다.

　1라운드에 이어 2라운드도 전승 행진!

　이 같은 엄청난 성적에 올도어 부사장이자 팀의 단장인 지수민이 아예 출장 뷔페를 불러서 성대한 회식 자리를 마련했다.

　오늘 회식의 주인공은 바로 2라운드의 MVP인 장양.

　건배를 하면서 장양은 모든 선수와 코칭스태프에게 축하의 말을 들었다.

　여전히 말은 없지만 고개를 끄덕여 화답할 줄을 알게 된 장양.

　그런 장양을 보면서 호들갑스럽게 감격하는 젊은 여자가 있었다.

　바로 장양의 보호자로 한국에 체류 중인 리쟈였다.

"이게 다 이신 씨 덕분입니다."

"라운드 MVP는 장양 실력이면 얼마든지 받을 만한 상입니다."

"그런 건 아무래도 좋아요."

리쟈는 MVP에 전혀 관심이 없었다.

그녀는 눈물까지 글썽거리며 장양을 흐뭇하게 바라본다.

"저 양이를 보세요. 사람들에게 고개를 끄덕이고 있잖아요."

"……."

"장양에게 저런 사회성이 생기다니 꿈만 같아요."

그녀는 스마트폰을 조작하여서 그 모습을 동영상으로 촬영했다.

그러고는 메신저로 누군가에게 보낸다.

이윽고 리쟈에게 전화가 걸려왔다. 그녀는 중국어로 뭐라고 말하며 기쁘게 대화를 나눈다.

그러고는 이신에게 말했다.

"노사님께서 감사하다고 전하십니다. 아드님 부부께서도 기뻐할 거라고 하십니다. 보답을 하고 싶은데 바라는 게 있으면 뭐든지 말해보라고 하십니다."

장첸에게 동영상을 보낸 모양이었다.

아주 집안 전체가 호들갑.

이신은 고개를 저었다.

"딱히 필요 없습니다."

"그럼 돈이면 되겠냐고 하시네요."

"돈 필요 없습니다."

돈은 이미 차고 넘치는 상황이었다.

"노사님께서 보답을 하고 싶다고 하시는데 이런 기회는 많지 않습니다."

계속 원하는 걸 말해보라는 리쟈.

그럴 때마다 옆에서 같이 듣고 있던 지수민이 눈빛을 계속 희번덕거렸지만, 차마 뭐라고 말은 못하는 눈치였다.

중국 정계의 대거물인 장첸의 도움이 있으면 중국 사업 진출도 문제가 아니었기 때문이었다.

그런 엄청난 기회를 계속 헌신짝처럼 여기는 이신의 태도에 속이 탔다.

하지만 어쩌겠는가. 이신은 정말로 부족한 게 하나도 없었다.

그런데 한창 회식 분위기가 무르익었을 때의 일이었다.

장양을 옆에서 돌보고 있던 리쟈가 누군가의 연락을 받더니, 이신에게 다가왔다.

"이신 씨."

"……?"

"장린 회장님 부부가 한국을 방문하고 싶다고 의향을 보이십니다."

"장린 회장이 누굽니까?"

"장양의 부친 되십니다."

"아……."

이제는 호들갑에 비즈니스로 바쁘다던 장양의 부모까지 가세
했다.

"장린 투자그룹은 북경의 대단한 큰손이에요."

옆에서 소곤소곤 귀띔해 주는 지수민.

'어쨌든 돈 많은 양반이란 뜻이군.'

이신은 마음대로 하라고 어깨를 으쓱해 보였다.

돈으로 아쉬운 게 없는데 누가 찾아오든 상관할 바가 아니었
다.

지수민은 그저 한숨만 푹푹 내쉴 따름이었다.

　　　　　*　　　　　*　　　　　*

프로리그 2라운드가 끝나고 쌍성전자의 하영훈 감독과 코치
진은 한 자리에 모여 회의를 가졌다.

2라운드 풀리그 3위.

2라운드 플레이오프 준우승.

이번 2라운드에서 거둔 쌍성전자의 성적은 실망 그 자체였다.

프로리그 10팀을 통틀면 나쁜 성적이 아니나, 쌍성전자는 지
난해 우승 팀이었다.

국내 최고의 명문 팀을 꿈꾸며 선수 영입에 어느 팀보다도 투
자를 많이 한 쌍성전자였다.

작년의 우승은 그 투자의 결실.

최영준에 신지호가 더해져서 쌍두마차로 우승을 이끌었으니 말이다.

하지만 올도어SCC의 등장으로 인해 한국 최고 명문 팀이라는 포지션을 허망하게 빼앗겼다.

이신과 최환열이 직접 이끄는 팀이라는 존재 하나로 어느 팀보다도 혁신적이고 진취적이라는 이미지를 올도어SCC는 손쉽게 얻었다.

게다가 제자들을 키워서 큰 이적료 없이 대형 신인을 주전 라인업에 내세웠다.

주디, 차이, 존, 사나다 료, 장양 등등…….

어째서 외국에서 데려온 선수마다 그렇게 뛰어난지, 이신은 선수 보는 눈마저 신인 것인가 하고 한숨을 쉴 수밖에 없었다.

"이번 2라운드는 우리 기대치보다 성적이 좋지 않았다고 봐야겠지?"

하영훈 감독의 말에 코치들은 고개를 끄덕였다.

1위를 탈환하고 한국 최고 명문의 자존심을 지키겠다고 결심하고 뛰어든 2라운드였다.

그런데 심지어 풀리그에서는 라이벌인 JKT에게도 밀려 3위를 했다.

다행히 2R 플레이오프에서는 만회했지만, 역시나 올도어SCC의 벽은 넘지 못하고 준우승에 그쳤다.

"그래서 플랜을 변경하기로 했다. 사실상 4라운드까지 경기 치르면서 승점에서 올도어SCC를 능가하기란 불가능해 보여."

"예, 그래도 주다나 차이나 존, 장양 등 주전 대부분이 경험 부족한 신인이라는 점은 공략할 만하지 않겠어요? 아직 완숙하지 않은 만큼 약점도 많을 것 같은데."

오준환 코치의 의견이었다.

하영훈 감독은 혀를 찼다.

"약점이 있었으면 진즉에 공략했겠지. 그건 희망사항일 뿐이라 거기에 기대를 걸 수는 없어."

"예, 당장 현실적으로는 4위권을 유지해서 포스트시즌에 진출하는 걸로 만족해야 합니다. 포스트시즌에서 올도어SCC를 어떻게 꺾느냐가 문제겠지만요."

최민재 코치가 말했다.

이에 하영훈 감독이 답했다.

"선수 보강을 해야지."

전반기가 끝나면 이적 시즌이 열린다.

그때 선수 보강을 더 해서 올도어SCC를 꺾을 수 있는 라인업을 이루어야 한다.

"선수를 추가로 영입한다면 괴물을 보강하는 게 급선무입니다. 지금 우리 팀 괴물 라인을 재훈이 혼자서 도맡고 있어요."

안재훈.

이번 개인리그에서 16강까지 진출한 괴물 플레이어다.

야심차게 다른 팀에서 영입해 와 키우고 있던 괴물 유망주들이 전부 망하면서, 사실상 쌍성전자의 괴물 라인업은 안재훈이 책임져야 했다.

안재훈은 준수한 실력을 가진 선수이지만 그냥 그뿐. 그 이상의 폭발력은 기대하기 힘들었다.

게다가 최근에는 슬럼프까지 겪고 있었다.

하필이면 16강전 상대가 이신이었던 것.

3—0 대패.

경기 내용 또한 뭔가를 해보지도 못한 채 시종일관 얻어맞기만 하다가 끝났다.

그런데 '쉬운 괴물'이라는 굴욕적인 별명까지 얻어서 네티즌의 놀림감으로 전락했으니 어디 멘탈이 멀쩡하겠는가?

"괴물이라……. 박영호 데려오면 좋겠는데."

"JKT가 미쳤습니까?"

최민재 코치가 핀잔을 주었다.

"이철한은 괜찮지 않을까? MBS에서 신지호 뺐을 때처럼 덤비면 될 법도 한데."

"그 뒤로 MBS가 얼마나 이미지가 안 좋아졌는지를 CT도 봤기 때문에 절대 자기들 에이스를 안 팔겠죠. CT가 딱히 돈이 없는 곳도 아니고요."

계속되는 태클에 하영훈 감독은 입맛을 다셨다.

그런데 그때 오준환 코치가 새로운 의견을 냈다.

"유진영이 있는데요!"

"유진영?"

"올도어SCC? 아!"

두 사람의 안색도 변했다.

올도어SCC에서 괴물 라인업을 혼자서 짊어졌던 유진영.

그러나 현재는 장양의 대두로 인해 상대적으로 밀리기 시작한 감이 없지 않았다.

"되겠는데요? 올도어SCC에 출전시킬 만한 애들이 좀 많아야 죠."

최민재 코치도 동의했다.

"그럴 듯한데? 팀이야 성적도 좋고 시설과 대우도 더할 나위 없겠지만, 유진영은 조금이라도 더 많은 경기를 나가고 싶어 할 텐데."

하영훈 감독이 유진영에 깊은 관심을 보였다.

전에는 팀 제미니의 에이스였던 유진영이었다.

만약 영입만 한다면 쌍성전자의 괴물 라인업을 책임질 역량으로 충분하다.

나이는 23세로 전성기가 끝나가고 있는 즈음.

몇 년 지나면 기량이 퇴보될 우려가 있는 시기라 아쉽다.

이런 점에서는 차이나 장양 같은 어린 천재들이 그렇게 부러울 수가 없었다.

'우린 유망주가 아니라 후반기에 바로 투입해 성적을 낼 괴물 플레이어가 필요한 거니까.'

그만큼 유진영은 경험 많고 즉시 전력감이라는 장점이 있었다.

유진영을 영입하고 싶으냐고 물으면 국내 10팀 중 10팀 모두가 그렇다고 대답할 터였다.

선수로서의 가치를 의심할 여지는 없었다.

"저는 최찬영을 생각하고 있었는데 유진영이 훨씬 좋네요."

"최찬영? 야야, 방진호 감독이랑 멱살잡이 하고 싶어?"

하영훈 감독이 최민재 코치에게 핀잔을 주었다. 다른 코치들도 킥킥 웃었다. 최민재 코치는 어깨를 으쓱했다.

"뭐 어때요? 방 감독님께는 죄송하지만, 어차피 MBS는 e스포츠에 대한 의욕이 전혀 없는데."

무언가 깨달음이 있었는지 올해 들어 실력이 많이 올라온 MBS의 최찬영도 나쁘지는 않았다.

하지만 최찬영은 아직 유진영과 비교할 수 있는 클래스가 아니었다.

최근처럼 안재훈의 컨디션이 좋지 않을 때 그 대안이 될 수는 있지만 말이다.

방진호 감독이야 당연히 눈에 불을 켜고 최찬영을 지키려 할 테지만, MBS 경영진의 태도를 보면 무리일 가능성이 높았다.

"그럼 이적 시즌 되면 유진영을 먼저 노려보지. 만약 불발되면 차선으로 최찬영으로 가는 거야."

"예."

그런데 그때였다.

최근에 신설된 전략연구팀의 연구원 이찬호가 문득 말했다.

"저기……."

"응?"

"왜, 찬호야."

이찬호는 작년 초에 은퇴했던 쌍성전자 소속 프로게이머 출신이었다.

이찬호가 말했다.

"우리도 해외 쪽에 눈을 돌려서 찾아보는 건 어떨까요? 한국인 선수보다 연봉 대비 실력에서 더 효율이 좋은 경우는 찾기 힘들다지만, 올도어SCC처럼 유망주를 발굴한다면 좋은 성과를 얻을지도 모르잖아요."

"일리 있는 말이긴 한데……."

하영훈 감독은 쓰게 웃었다.

세계 e스포츠 시장은 한창 성장세였다.

유망주다 싶으면 중국이나 미국, 유럽 등에서 곧바로 데려가 버린다.

더 세게 연봉을 부르지 못하는 한 쌍성전자에게 기회가 돌아오기 힘들다.

올도어SCC의 경우는 이신이라는 이 바닥의 신이 있기 때문에 그를 추종하는 유망주들이 모여든 경우였다.

그리고 사실 주디·존 남매는 물론이고 차이와 장양도 금수저들 아닌가?

이신이 부잣집 애들만 골라서 제자로 받는 게 아니냐는 의혹까지 나돌고 있을 정도였다.

"해외 쪽도 주시할 필요성은 있지만, 사실 유망주를 선별하는 시스템에 있어서 미국과 유럽의 프로팀들보다 우리가 뒤처지는 게 사실입니다. 제시할 수 있는 대우 조건을 떠나서, 유망주의 기량을 체계적으로 분석해서 가능성을 따져 볼 수 있는 체계를 마련하는 게 더 근본적인 대책이겠죠."

최민재 코치의 말이 가장 타당했다.

미국 등이 재빨리 유망주를 알아보고 재빨리 데려가 버리는 이유도 바로 그런 체계적인 분석 때문이었다.

"우리도 이제 전략연구팀을 출범시켰고, 아직 갈 길이 머니까 그건 이적 시즌이 되면 차차 생각해 보자고. 유망주 쪽은 아직은 국내에서 찾는 게 더 나을 것 같고."

아직 갈 길이 먼 한국.

하지만 이신으로 인해서 조금씩 나아가고 있었다.

*   *   *

한 중년 부부가 기자들에게 둘러싸여 있었다.

연예인도 정치가도 아니었고 한국에서는 그 이름을 아는 사람도 그리 많지 않았다.

하지만 그럼에도 중년 부부의 방한에 수많은 기자들이 모여서 취재했다.

그만큼 중요한 인물이라는 뜻이었다.

─그저 아들을 보러 왔을 뿐입니다.

약간 마른 체격에 강단 있어 보이는 굳은 인상의 중년 사내는 간단히 입장을 밝혔다.

─우리 부부의 사적인 시간을 보낼 것이고, 그 외에 어떤 일정도 없습니다.

한국의 모든 정재계 인사가 만나고 싶어 하는 인물.

바로 장린 투자그룹의 장린 회장이었다.

중국의 정치인들이 스승처럼 존경하고 떠받든다는 장첸 노사의 아들. 그 후광에 힘입어 나라도 살 수 있는 자금을 움직이는 거물이었다.

그런 장린 회장 부부가 돌연 한국을 방문한 것이었다.

"……."

"……."

인터넷으로 뉴스 영상을 본 이신과 제자들은 침묵했다.

"…장양 아버지 오신대요. 장 좀 볼까요?"

차이가 물었다.

"외식이면 돼."

"양이가 평소에 어떻게 지내는지 알고 싶어 하실지도 몰라요. 중국에 있을 때도 바빠서 잘 만나지 못했다고 들었어요. 가정식으로 대접하는 게 좋을 것 같은데요.”

어린 나이답지 않게 배려심이 많은 차이. 사려 깊은 면에서는 다 큰 어른인 이신을 한참 능가하고 있었다.

“그럼 알아서 해.”

결국 차이에게 일임해 버린 이신.

“같이 장 보자.”

“응.”

차이는 주디와 함께 장을 보러 떠났다.

이신은 힐끔 옆에서 멀뚱히 게임을 하고 있는 장양을 바라보았다.

“장양.”

“……?”

게임에 열을 올리고 있던 장양이 흘깃 돌아보며 왜 불렀냐는 눈으로 쳐다본다.

“네 부모님이 뉴스에 나올 만큼 유명한 분들이야?”

끄덕끄덕.

장양은 고개를 끄덕였다.

자폐증이라고 자기 부모님이 뭐 하는 사람인지 모를 리는 없었다.

방에 틀어박혀 게임에 미쳐 있을 때도 가끔 인터넷으로 부모님을 검색해 볼 시간 정도는 있었다.

‘그냥 돈 많은 양반들인 줄 알았는데.’

설마 한국을 방문한 정도로 뉴스에 뜰 줄은 몰랐다.

덕분에 이신도 덩달아 주목받는 상황이었다.

보통은 e스포츠 부문이나 이따금 연예계 쪽에서만 기사가 나는 게 정상이었다.

경제란에서 이토록 자기 이름이 오르내리는 적은 처음 금메달을 땄을 때 '이신의 경제적 효과' 운운할 때 외에는 오랜만이었다.

장린 회장 부부가 방문하고 싶다는 의향을 리쟈를 통해 밝혔을 때 주말이면 언제든 상관없다고 말한 기억이 떠올랐다.

그게 어제였다.

토요일에 팀 회식을 할 때의 일이었는데 다음 날 바로 나타난 것이었다.

그때, 장양이 이신의 옆구리를 쿡쿡 찔렀다.

"왜?"

장양은 스페이스 크래프트가 켜져 있는 자신의 모니터를 가리켰다.

게임을 하자는 뜻이었다.

제법 랭킹이 높은 외국의 아마추어 고수와 대전을 하는가 싶었는데, 그다지 성에 안 차는 상대였던 모양이었다.

부모님이 중국에서 오신다는데 별반 감흥이 없는지 여전히 게임에 미쳐 있는 장양이었다.

'뭐, 손님이 오면 오는 것뿐이지.'

생각보다 거물이어서 놀란 것 외에는 이신 역시 그다지 감흥이 없었다.

이신은 신족을 골라서 장양과 대전을 치렀다.

이신이 사략기로 제공권을 장악하는 체제로 가자, 장양은 이에 맞대응하듯 다수의 폭탄충과 쐐기충이라는 비행 유닛 체제를 펼쳤다.

이신이 최영준을 상대로 펼쳤던 1세트 전략과 동일했다.

'정말 무서운 속도로 학습하는군.'

전에는 박영호가 존을 박살 내는 걸 보더니 여왕괴물의 점액 뿌리기를 이용한 요격 전략을 고스란히 써먹었었다.

보고 배우는 장양의 학습 속도는 그야말로 소름이 끼칠 정도.

공중전에서 가장 중요한 것은 멀티태스킹과 상대의 비행 동선을 예측하는 능력. 그 점에 있어서 장양은 결코 이신의 아래가 아니었다.

기민하게 움직이며 사략기 편대를 압박하는 장양의 슈퍼컴퓨터 같은 대응에 이신은 상당히 애를 먹었다.

새삼스럽게 느꼈다.

차이에게서도 느꼈던 감정.

'1년 뒤에도 이 녀석들을 내가 이길 수 있을까?'

차이와 장양은 점점 성장할 것이고, 자신은 점점 하향세에 접어들리라.

그런 미래에 대한 두려움을 제자들을 상대할 때면 늘 느끼게 되는 것이었다.

그래서 이신은 웃었다.

이런 두려움을 원했다.

제자를 키우는 데 다른 목적 따위 없었다.

사략기 편대로 견제를 제대로 펼치지 못하니, 장양의 엄청난 확장을 차단하지 못했다.

그때, 곤궁한 상황 속에서 이신은 암흑심판관을 뽑았다.

암흑심판관은 암흑사제 2기가 융합되어서 만들어지는 마법 유닛이었다.

이어서 장양을 유인해 공중전을 유도했다.

─위이이이잉!

승부를 결착 짓는 중요한 공중전에서 암흑심판관의 혼란 마법 이 작렬했다.

다수의 쐐기충과 폭탄충이 혼란에 빠져 움직임이 멎어버렸다.

당황한 장양.

이신은 그대로 폭탄충과 쐐기충을 몰살시키고 질주, 장양의 하늘군주를 모조리 찢어 병력 생산을 마비시켰다.

유려하게 후속 전략이 이어졌다.

지상군이 확장 기지를 치고, 본진에 암흑사제를 드롭해 주요 건물을 파괴했다.

줄곧 유리했다가 싸움 한 번 잘못하는 바람에 크게 망해 버린 장양은 망연자실했다.

이내 신경질적으로 한 판 더 하자고 졸라댔다.

기꺼이 다시 신족으로 싸워주었다.

암흑심판관의 혼란 마법에 패한 장양은 이미 그 부분에 대해 학습이 되어 있었다.

장양도 여왕괴물을 같이 들고 나와 마법 대결을 펼친 것.

여왕괴물에게 점액을 맞아버리면 이신의 사략기 편대 또한 위험하긴 마찬가지.

그런데 막상 공중전이 벌어지자 이신은 암흑심판관과 함께 수송기 1척을 동원했다.

수송기에서 내린 대사제들이 일제히 전격 마법을 난사.

이신의 손이 매우 빠르고 정확하게 움직였다.

전격 마법이 화면을 잔뜩 매우면서, 장양은 또다시 전멸해 버렸다.

분해서 부들부들 떠는 장양.

한 판 더 하자고 또다시 졸라댄다.

그러고는 똑같은 공중전에서 여왕괴물은 물론 괴물주술사까지 동원했다.

신족과 괴물의 마법 유닛이 총동원되면서 두 사람의 게임은 초고난도 컨트롤이 요구되는 마법 대결이 되었다.

"와, 무슨 게임을 그렇게 화려하게 하세요."

"어머, 컨트롤 봐."

장을 보고 돌아온 차이와 주디가 두 사람의 플레이를 보며 감탄한다.

싸움은 결국 이신의 승리로 끝났다.

아직까지 순간순간의 판단력은 장양이 이신을 따라올 수 없는 것이었다.

화가 머리끝까지 난 장양.

한 판 더 하자고 조르지만 이신은 고개를 저었다.

"리플레이나 보고 왜 졌는지 공부해."

불만이 한가득한 장양에게 이신은 어깨를 으쓱했다.

"5판 3선 다전제였으면 3—0으로 내가 이긴 거야."

사실 손이 많이 가는 게임을 계속 해서 피곤했기 때문에 좀 쉬고 싶은 이신이었다.

물론 또 하면 질지도 몰라서가 절대로 아니었다. 절대로.

"……"

장양이 뚱한 표정으로 쳐다봤다.

이신은 네가 그런 눈으로 보면 어쩔 거냐는 표정으로 쳐다봤다.

결국 시무룩하며 굴복하는 장양이었다.

'날이 갈수록 굴복시키기가 힘들어지는군.'

자폐증이라는 이력 때문에 기가 약할 거라고 생각하기 쉽지만, 장양은 승부욕과 자존심이 굉장히 셌다.

'누굴 닮았는지 지는 걸 굉장히 싫어하는군.'

본인도 마찬가지라는 것은 생각 못 하는 이신이었다.

그때였다.

딩동―

인터폰 벨이 울렸다.

인터폰 화면에 비치는 영상에 세 사람이 비쳐졌다.

한 사람은 리쟈.

그리고 그 뒤로 중년 부부가 보였다.

제5장

장린

주디가 쪼르르 달려 나가 현관문을 열어주었다.

그동안 이신은 또 게임을 실행하려는 장양의 뒷덜미를 잡아끌었다.

그리고 마침내 리쟈와 함께 손님이 나타났다.

"말씀드렸었죠? 장린 회장님 부부이십니다."

리쟈가 소개해 주었다.

그때, 문득 이신은 나폴레옹에게 선물 받은 반지가 생각났다.

오른손 중지에 꽂은 반지에 마력을 살짝 주입했다.

그러자,

"많이 좋아 보이는구나, 양아."

장양에게 건네는 중년 사내의 따듯한 말이 생생하게 들렸다.

생전 중국어를 공부한 적이 없던 이신은 말의 의미가 또렷하게 들리자 놀랐다.

장양은 오랜만에 만난 아버지를 눈앞에 두고도 별반 반응을 하지 않고 어물거렸다.

"양아?"

이번에는 어머니가 부른다.

결국 보다 못한 이신이 장양의 등을 살짝 떠밀었다.

장양은 머뭇머뭇 부모님에게 다가갔다.

중년 사내가 와락 장양을 끌어안았다. 어머니도 함께 포옹을 하며 가족 상봉이 이루어졌다.

장린 회장은 이신에게 다가가 손을 내밀었다.

"장린이라고 하오."

"이신입니다."

이신은 손을 맞잡고 악수를 했다.

장린 회장은 약간 마른 체격에 부드러운 표정을 짓고 있지만, 대체로 조용하고 날카로운 인상이 더 강한 사내였다.

"우리 양이를 이끌어 주셔서 감사하오."

리쟈가 그 말을 통역해 주었다.

"별로 한 게 없습니다."

"그럴 리가. 저렇게 좋아진 양이를 보니 감격스럽소. 내게로 와서 포옹에 응해줬잖소. 이제야 비로소 내 자식이 된 것 같소."

장린 회장은 씁쓸한 어조로 계속 말했다.

"이전까지는 내 자식이어도 만질 수도 없고 말을 건넬 수도 없었소. 심지어 한 공간에서 같이 있는 것조차 질색하니 내 피붙이인데도 이게 아비와 자식이 맞긴 한 건지 우울했소."

장린 회장의 부인을 보니 장양을 끌어안은 채 놓을 생각을 하지 못했다.

울먹거리는 기색까지 보이는 걸 보면, 일에 몰두해서 자식에게는 무관심한 맞벌이 부부 같은 건 아닌 모양이었다.

이신은 곰곰이 생각하다가 입을 열었다.

"스페이스 크래프트를 아십니까?"

"알다마다. 양이가 그렇게 좋아하는 건데 모를 리가 있겠소? 양이 때문에 e스포츠 시장에 대해 많은 조사를 해봤소. 프로팀 몇 개를 후원해서 양이의 장래 진로를 탐색해 보기도 했소. 어떻게든 양이가 그 방에서 나오길 바라는 마음이었소."

"아니."

이신은 고개를 저었다.

의아해하는 장린 회장에게 이신이 다시 물었다.

"스페이스 크래프트를 할 줄 아냐고 물었습니다."

"그야 모르오. 이 나이에 바쁘기도 하고, 게임을 직접 할 수 있을 리가 없잖소."

"그럼 게임을 볼 줄은 압니까?"

"봐도 뭐가 뭔지 모르겠소. 그래도 e스포츠 시장에 대해서는 조사를 많이 했소."

"결국 그게 문제입니다."

"……?"

"왜 그쪽 가족은 다들 내게 고마워하는 부분이 게임이 아닌 다른 쪽입니까? 난 프로게이머지 정신과 의사가 아닙니다."

"……"

"왜 장양이 방에 틀어박혀 게임만 할 때도 어떤 게임인지 해볼 생각은 하지도 않고, 어떻게 해야 거기서 빼낼까 궁리만 했습니까?"

리샤는 머뭇거리다가 그 말을 장린 회장에게 통역해줬다.

굳은 장린 회장의 얼굴.

"왜 장양이 노력해서 얻어낸 2라운드 MVP에 대해서는 축하하고 기뻐해 주지 않는 겁니까?"

이신은 장린 회장의 굳은 표정 같은 건 개의치 않고 계속 할 말을 했다.

"그러면서 아들이 좋아하는 것을 이해하려고 노력하는 척, 아들이 나아가고자 하는 꿈을 응원해 주는 척. 당신 아들 경기는 본 적이 있습니까?"

리샤는 통역을 그대로 해야 할지 안절부절 했다.

장린 회장이 가벼운 손짓으로 지시하자 그제야 통역을 해주는 그녀였다.

"왜 장양을 아직 인격 형성이 덜 된, 보호해 줘야 하는 약자로 보십니까? 살얼음판 같은 단두대 위에서 장양이 얼마나 많은 적과 싸워 격파했는지 아십니까? 얼마나 탁월한 판단과 전술로 상대의 의도를 깨부수고 승리를 얻어냈는지, 그 드라마틱한 승부를 보고 진심으로 감탄해 주지 않습니까?"

"……."

"난 당신 아들이 무섭습니다. 조만간 날 꺾을 실력자가 될 것 같아서 두렵고, 또 그게 기대됩니다."

그 말에 모두들 깜짝 놀랐다.

게임을 모르는 사람도 이신의 이름은 안다.

e스포츠에서 절대적인 권위를 가진 이신이 그렇게 인정할 정도라니 놀랄 만도 했다.

"흔히 저를 국민적인 스타라고 합니다. 제가 세계적으로 얼마나 인기가 많고, 그로 인한 경제적 효과가 얼마며, 돈을 얼마나 벌었다는 등등 그런 이야기가 언론에 주로 나옵니다."

이신은 어깨를 으쓱했다.

"그깟 얘기들은 아무리 들어도 별로 감흥 없습니다. 내가 얼마나 노력했으며, 얼마나 멋진 플레이를 했는지 진심으로 공감하는 팬은 그중 몇 퍼센트나 될까요? 내게 소중한 건 그런 팬들뿐입니다."

이신은 장양을 가리켰다.

장양은 부모님을 만나서도 멀뚱할 뿐이었다.

"장양으로 하여금 만나도 별 감흥 없는 부모가 되지 마십시오. 그게 제가 드릴 수 있는 유일한 충고입니다."

장린 회장은 한동안 말이 없었다.

이신을 보다가 장양을 보고는 다시 무언가 곰곰이 생각했다.

한동안 그러고 있던 장린 회장이 이윽고 입을 열었다.

"내가……."

뒤늦게 이어지는 말을 리쟈가 통역해 준다. 물론 통역해 주지 않아도 이신은 반지를 통해 알아들을 수 있었다. 진심이 담겨 있는 어조까지도.

"많이 부끄럽소."

장린 회장은 이신에게 다시 한 번 손을 내밀었다.

이신도 그 손을 맞잡고 악수를 했다.

이번 악수는 느낌이 전혀 달랐다.

"중요한 걸 깨닫게 해줘서 고맙소. 부모로서 장양에게 뭐든지 해주고 싶었는데, 실상은 장양이 가장 좋아하는 게임을 그냥 자폐증 치료와 사회화 과정의 수단 정도로 생각했던 모양이오. 그리고 무엇보다……."

장린 회장이 이어 말했다.

"아버님은 내 일을 좋아하지 않으셨소. 돈으로 돈을 번다는 건 실체가 없는 일이라고 하시면서. 뿐만 아니라 내가 얼마나 노력했든 얼마나 성취를 얻었든 늘 장첸의 아들이라는 수식어로 결론지어지는 게 괴로웠소. 이제는 그것에 무감각해져서 잊고 있었는데… 내가 내 아들에게 같은 일을 할 뻔했구려."

장린 회장도 나름대로 삶의 고뇌가 있었던 모양이었다. 모두의 존경을 받는 아버지를 둔다는 게 때로는 저렇게 부담스러운 짐일 수 있다는 생각이 들었다.

"제 말을 좋은 쪽으로 받아들이셔서 다행입니다."

"당신은 정말 훌륭한 스승 같소."

"제가요?"

"그렇소. 당신 스스로 생각하는 것보다 더 말이오."

"…과찬이십니다."

"하하하, 아무튼 피차 휴일은 오늘뿐이니 시간이 많지 않구려. 조금이라도 이 시간을 뜻깊게 쓰고 싶은데 협조해 주시오."

"……?"

이번에는 이신이 의아해한다.

장린 회장은 서글서글한 웃음을 지으며 말을 이었다.

"게임을 가르쳐 주시오. 직접 하는 건 아무리 생각해도 무리지만, 적어도 내 아들 경기는 볼 줄을 알아야 하지 않겠소?"

"아……."

이신은 살짝 당혹했다.

차차 배워 나가며 아들과 친해져 보라는 의미였는데, 이야기가 이렇게 결론이 날 줄은 몰랐다.

그때, 다행히도 주디가 끼어들었다.

"그것도 좋지만 일단은 식사를 하셔야 하지 않아요?"

그제야 장린 회장은 자신의 손목시계를 확인했다.

"그러고 보니 벌써 이런 시간이군. 내가 워낙에 입이 짧아서 깜빡했군."

그렇게 가족 상봉이 끝나고 모두들 부엌의 식탁으로 모여들었다.

거실은 소파 하나 없이 컴퓨터 5대로 꽉 차 있어서, 손님을 부엌 식탁에 앉힐 수밖에 없었다.

식사를 하려고 다들 옹기종기 앉게 되자, 그제야 이신은 자신이 손님을 맞이하는 경우를 전혀 고려하지 않았다는 사실을 깨달았다.

장양의 어머니는 전혀 개의치 않는 눈치였지만, 장린 회장은 집 안을 슥 둘러보고는 피식 웃는 것이었다.

"집이 생각보다 아담하구려."

직설적이지만 비웃으려는 의도의 어조는 아니었다.

"우리 양이가 신세를 지는 바람에 집이 많이 좁아진 듯한데 불편한 점은 없으시오?"

"지금은 불편하군요."

이신도 직설적이기는 마찬가지.

장린 회장은 껄껄 웃었다.

"장양이 어떻게 살고 있는지는 리쟈를 통해 소상히 들었소. 게임에 관심을 못 기울였을 뿐이지 나름대로는 아들에 대해 관심을 많이 기울였지."

"전에 살던 곳에 비하면 양이가 좀 불편한 환경에서 사는 건 사실입니다."

"아아, 책잡자고 한 소리가 아니었소. 이곳에서 얼마나 행복하게 지내고 있는지도 잘 알고 있고. 다만 내가 준비한 선물이 도움이 될 것 같아서 기쁠 뿐이오."

"선물?"

그때, 리쟈가 잽싸게 태블릿PC를 꺼냈다.

그리고 웬 사진을 이신에게 보여주기 시작했다.

"이 집을 봐주십시오."

산을 끼고 있는 호화로운 전원주택이었다. 무슨 결혼한 유명 연예인이 살고 있을 법했다.

2층 구조의 ㄱ자 형태의 건물은 물론 담장에 둘러싸인 정원도 세련되게 꾸며져 있었다.

"용인 광교산에 위치한 전원주택입니다. 2층 구조라 1층 거실은 응접에, 2층은 여기처럼 연습실로 꾸밀 수 있고, 방도 많아서 각자 침실 외에도 서재, 드레스 룸 등을 마련하기 충분합니다. 위치도 팀 연습실로 출근하기 괜찮은 교통 여건이고, 등산 등 산책을 할 수도 있어 건강에 더 좋을 겁니다."

폭풍 같이 설명하며 쭉 보여주는 사진을 본 이신이 말했다.

"선물이란 게 이겁니까?"

"그렇습니다. 회장님께서 여러 가지로 신경 써서 구해준 만큼……."

"괜찮습니다."

괜찮다는 게 거절의 의미임을 아는 리샤는 고개를 갸웃거렸다.

"마음에 안 드십니까?"

"좋은 집으로 보이는데, 이런 선물을 제가 받아야 할 이유가 없습니다."

"회장님께서는 감사의 의미로 드리는 건데요. 이유는 충분합니다. 어떤 조건도 대가도 없습니다."

그러나 이신은 고개를 저었다.

그때, 이야기를 통역을 통해 들은 장린 회장이 입을 열었다.

"받을 이유가 없다면 받지 않을 이유도 없다는 뜻인데."

"……."

"내가 없는 돈으로 무리해서 마련한 선물이 아니라는 건 당신도 잘 알 테고."

상대는 세계 금융계의 큰손.

이런 집쯤이야 100채 더 선물해도 눈 하나 깜짝 안 할 사람이었다.

장린 회장은 미소를 지었다. 그러고는 슬며시 이신을 도발한다.

"그럼 내게는 손톱만큼의 부담도 안 되는 이 선물에 당신이 압도당했다는 뜻인데, 내가 그렇게 받아들여도 되겠소?"

"그다지 부담스러운 건 아닙니다만."

이신은 즉시 반박했다.

지기 싫어하는 자존심을 자극받았기 때문이었다.

리쟈가 가방에서 서류를 꺼냈다. 서류 중에는 부동산 양도계약서도 보였다.

장린 회장이 씨익 웃으며 손짓한다. 이신은 결국 그 선물을 받아버렸다.

"아까 당신이 한 말 중에 단두대라는 표현이 인상적이었소. 당신은 그런 단두대를 끝없이 헤쳐 나가 정상에 선 인물이오."

대체 무슨 말이 하고 싶은 것일까?

이신으로 하여금 귀를 기울이게 만드는 장린 회장의 솜씨는 범상치 않았다.

"e스포츠에 대해 조사를 해봤다는 내 말을 들었을 거요. 내 생각하건대, 중국에 온다면 당신은 정말로 신이 될 거요. 훨씬 더 큰 시장에서 훨씬 더 많은 군중의 열광을 받으며 훨씬 더 좋은 여건 속에서."

"……."

"그걸 굳이 피해야 할 이유가 있소?"

*   *   *

장린 회장 부부와 장양은 즐거운 시간을 가졌다.

2라운드에서 장양이 승리한 명경기 하나를 다시 보며 이것저것 설명해 주는 시간을 가졌다.

제대로 경기를 보니 장린 회장은 꽤나 놀란 눈치였다.

"짧은 순간에 그런 것들을 다 판단해야 하는구려."

상대는 신지호였다.

신지호 같은 초일류 선수도 프로리그의 수많은 경기에서 매번 이기는 건 아니다.

때로는 이렇게 생각지 못한 자객을 만나 패한다.

탄탄한 실력을 가졌으나 신지호는 상대, 특히나 신인을 얕보는 경향이 강했다.

그리고 차이에게 패패승승승의 역전패를 당하는 바람에 컨디션도 좋지 않았다.

그래서 장양이 달려들 줄을 몰랐다.

병영 체제에서 기갑 체제로 전환되는 순간, 장양이 공격을 감행했다.

예상 못 한 피해를 받고서야 신지호는 정신이 번쩍 들었다.

하지만 피해는 돌이킬 수 없는 것.

그때부터는 숨통을 끊으려는 장양과 이대로 질 수 없다는 신지호의 집념의 충돌이었다.

하지만 이대로 질기게 버티기만 하다가 패배할 신지호는 아니었다.

—신지호가 치고 올라갑니다!

—네, 저래야죠. 이기기 위해서는 나가야 합니다.

승리를 향한 집념.

신지호는 확률이 낮아도 이길 수 있는 길을 택했다.

다만 장양은 다 알고 기다리고 있었고, 장양이 기다리고 있다는 걸 신지호도 알았다.

통제사령부 건물까지 띄운 채 끌고 나와서 장양의 새로운 확장 기지를 치는 신지호.

그곳을 밀어버리고 그 자리에 곧장 자신의 확장 기지를 구축하겠다는 강한 의지였다.

"저 남자도 대단해 보이는군요."

장린 회장이 말했다.

이신은 고개를 끄덕였다.

"이길 수 있는 최선을 택했습니다."

"당신이라도 저렇게 했을 거요?"

"소수 병력으로 다방면을 일시에 칠 겁니다. 어떻게든 똑같이 힘들게 할 겁니다."

통역을 통해 그 말을 들은 장린 회장은 웃으며 고개를 끄덕였다.

그는 의외로 스페이스 크래프트라는 전쟁이 재미있는 모양이었다.

"알고서 저기서 기다린 거니?"

장린 회장이 아들에게 물었다.

장양은 고개를 끄덕였다.

"정말 대단하구나, 아주 멋져."

칭찬이 통했던 것일까.

장양의 표정이 조금 밝아졌다.

장린 회장은 확실히 이신이 가르쳐 준 대로 하니 장양의 반응이 좋아서 놀랐다.

역시나, 자기가 좋아하는 일에 남이 관심을 가져 주면 누구나 기쁜 법이었다.

그리고 나서는 같이 바람을 쐴 겸 선물로 준 용인의 전원주택을 보러 갔다.

장린 회장 부부와 리쟈, 장양, 그리고 경호원들까지 2대의 차량이 먼저 출발했다.

그 뒤를 롤스로이스 팬텀이 뒤따르니, 그야말로 대통령의 행차를 방불케 했다.

장린 회장이 이신을 만났다는 소식은 이미 소식이 뜨겁게 알려진 상황.

집 앞에 죽치고 기다렸다가 그들의 뒤를 따르는 기자들이 상당수 있었다.

경호원들의 감시 속에서 접근을 하지 못하게 막긴 했지만, 뒤따르는 것은 어찌할 수가 없었다.

물론 이신은 별반 상관하지 않았고, 장린 회장 부부도 방해만 받지 않으면 신경 쓰지 않는다는 눈치였다.

"와, 예쁘다."

주디가 집을 보며 감탄했다.

화단과 나무와 티 테이블, 그네 등으로 예쁘게 꾸며진 정원이 인상적이었다.

"확실히."

이신마저 동의했다.

별반 관심은 없었는데, 막상 직접 와서 둘러보니 확실히 지금 살고 있는 집보다 훨씬 쾌적할 것 같았다.

집도 넓고 2층으로 구성되어 있어서 5인이 각자 방을 쓰고도 남았다.

1층 거실은 식사와 응접, 그리고 2층 거실은 연습실로 쓰면 될 듯했다.

"마음에 드시나요?"

줄곧 조용히 있던 장양의 어머니가 처음으로 이신에게 말을 건넸다.

이신은 고개를 끄덕였다.

"예."

"제가 전부터 신경 써서 고르고 관리한 건데 마음에 드시니 다행이에요."

집을 마련해 주자는 건 부인의 생각이었던 모양이었다.

아마도 자기 아들이 좀 더 쾌적한 곳에서 건강하게 지냈으면 하는 바람이었을 것이다.

"우리 양이 잘 먹고 운동도 꼭 하게 해주세요. 양이가 선생님

말씀을 잘 따라서 얼마나 다행인지 몰라요."

"늘 신경 쓰고 있습니다."

"물론 알아요. 우리 양이가 전에 봤을 때보다 훨씬 건강해보여서 놀랐어요."

사실 이신이 딱히 장양을 비롯한 제자들에게 세심하게 신경 쓰는 건 아니었다.

그냥 규칙을 정해놓고 아무도 어길 수 없게 했을 뿐이다.

다른 게임을 하지 말 것, 특별한 사유 없이 외박하지 말 것 등 여러 가지 규칙이 있지만 그중 가장 엄격한 규칙은 바로 식사였다.

사실 입이 짧기로는 이신도 장양 못잖았다.

그럼에도 건강을 위해 최근 규칙적인 식사를 지키고 있어, 제자들도 따를 수밖에 없었다.

덕분에 매번 식사 때만 되면 힘겹게 밥과 사투를 벌이는 이신과 장양을 볼 수 있었다.

그리고 운동이야 선수들이 꼭 해야 할 팀 훈련 중 하나였다. 당연히 장양도 빠질 수 없었다.

더 이상 할아버지와 살던 때처럼 멋대로 살 수 없게 되니, 장양의 건강이 하루가 다르게 좋아지는 것은 당연한 일이었다.

"양이가 떼를 쓰면 고집 꺾기가 쉽지 않을 텐데 비결이 뭔가요?"

"타당하지 않은 일을 시키지 않습니다."

"아⋯⋯."

부인의 얼굴에 존경의 기색이 떠올랐다.

"그리고 말을 안 들으면 쫓아내면 됩니다."

부인의 얼굴에 존경의 기색이 급격히 사라졌다.

집 안을 구경하면서 존과 차이는 조금이라도 더 전망이 좋은 방을 찜해놓기 위해 바쁘게 뛰어다녔다.

주디와 장양은 이신과 최대한 가까운 방을 고르기 위해 잠자코 기다렸다.

그런 그들의 모습을 보며 장린 회장 부부는 흐뭇하게 웃었다.

집 안을 모두 둘러본 이신은 빠른 시일 내에 이사를 하기로 결심했다.

"좋은 선물 감사합니다."

"우리야말로 고맙소. 앞으로도 잘 부탁하겠소."

하루가 저물고, 장린 회장 부부와도 작별을 나누게 되었다.

그런데 장린 회장은 문득 이신을 가만히 응시했다.

이신은 뭘 그렇게 쳐다보냐는 의문의 눈빛을 띠었다.

그러자 장린 회장이 말했다.

"나는 말하면서 상대의 반응을 유심히 살피는 습관이 있소."

"⋯⋯?"

"계속 살폈는데 당신은 통역을 듣지 않아도 내 말에 표정이 반응을 하더구려."

"⋯⋯!"

이신은 흠칫 놀랐다.

장린 회장의 웃음이 더욱 짙어진다.

"내 말이 맞을 거요. 그렇지 않소?"

리쟈는 통역을 하지 않고 있었다. 다만 놀란 얼굴로 이신을 쳐다볼 뿐이었다.

역시 범상치 않은 인물인 것인가.

나폴레옹에게 선물 받은 통역 반지의 능력을 이용했더니, 장린 회장이 알아차려 버린 것이다.

물론 반지에 마법이 걸렸다거나 하는 걸 알 리가 없지만 말이다.

이신은 결국 고개를 끄덕였다.

"대강 알아듣습니다."

장린 회장만 제외하고, 그 자리에 있던 모두가 놀랐다.

이신의 입에서 중국어가 흘러 나왔기 때문이었다.

통역 반지는 듣는 것뿐만이 아니라 상대방의 언어로 말하는 기능까지 있었던 것이다.

"발음이 훌륭하구려."

"과찬이십니다."

"중국어를 열심히 공부한 것 같소. 이건 내가 낮에 했던 제안에 대하여 좋은 신호로 받아들여도 되겠소?"

장린 회장의 제안.

그것은 중국 진출에 대한 이야기였다.

13억 인구가 있는 대륙에서 e스포츠의 신이 되라고 권유했다.

"아직은 대답하지 않겠습니다."

"물론이오. 그냥 내가 그렇게 받아들이겠다는 뜻이지."

그러면서 다시 서글서글한 미소를 짓는 장린 회장을 보며, 이신은 역시나 범상치 않은 사람이라고 생각했다. 이렇게 남을 대하기 어려웠던 적은 처음이었다.

장린 회장 부부는 떠나기 전에 장양에게 다시 작별 인사를 했다.

"양아, 선생님과 잘 지내야 한다."

"네 경기는 앞으로도 꼬박꼬박 챙겨보고 전화도 하마. 훌륭한 선수가 되어라."

그런데 장양은 고개를 숙인 채 아무런 반응도 하지 않았다.

장린 회장 부부는 섭섭해했고 리쟈는 안타까워했다.

보다 못한 이신이 등을 살짝 치며 재촉했다.

그런데 장양이 고개를 들었더니, 눈시울이 붉어진 것이 보였다.

이신을 어렵게 했던 천하의 장린 회장도 깜짝 놀라 버렸고, 부인은 감격에 겨워 장양을 와락 끌어안았다.

"양아! 우리 양이 우니? 섭섭해서 우는 거야?"

장양은 눈물을 떨구며 고개를 끄덕였다.

"그래그래, 우리 양아. 자주 놀러올 테니 염려 마렴. 보고 싶으면 언제든 쉴 때 중국에 와도 되잖니."

장린 회장도 결국 눈물을 흘리고 말았다.

장씨 가족의 깊었던 근심이 해소된 순간이었다.

부부는 다시 찾아오겠다는 약속을 하고는 정말 힘겹게 떠나갔다.

*   *   *

다음 날, 이신은 기자들에게 둘러싸였다.

"장린 회장과 어떤 대화가 오갔습니까?"

"장린 회장으로부터 용인의 호화 전원주택을 선물받은 게 사실입니까?"

"장양 선수를 돌보는 조건으로 어떤 대가를 받기로 약조한 것은 아닙니까?"

이신의 표정에 귀찮음이 어렸다.

장양은 많은 기자가 몰려오자 두려워했다.

"먼저 들어가 있어."

"네."

주디는 모두를 데리고 먼저 연습실로 들어갔다.

그러는 사이 이신이 기자들의 취재 요청에 응했다.

"장양을 돌보는 대가로 일정 금액을 받기로 한 적은 없습니다. 장양은 제가 영입을 하기 위해 데려왔습니다."

"호화주택을 선물 받았다는 소식이 있는데요?"

"사실입니다. 조만간 이사 갈 예정입니다."

"그 외에도 또 대가로 받은 것이……."

이신은 그만하라고 손짓했다.

그러고는 폭탄처럼 한마디를 남겼다.

"중국 진출을 제의받았습니다."

"네?!"

"중국 진출을요?!"

근래에 들어 장린 회장이 아들 장양의 진로를 위해 중국의 프로팀 하나를 인수했다는 이야기는 기자들 사이에서는 이미 알고 있는 사실이었다.

엄청난 큰손의 투자로 중국의 e스포츠 시장이 더 장밋빛이 될 거라는 기사도 쓴 적이 있었는데, 그 큰손이 장린 투자그룹이었다.

중국의 슈퍼 파워인 장씨 일가와 특별한 관계를 구축한 이신.

게다가 이신은 이미 공인된 세계 e스포츠의 신화로서 중국에서도 숭상된다.

일전에 올스타전에서 왕펑카이를 무참히 박살 냈을 때, 중국의 팬들은 화내기보다는 역시 이신이라고 좋아하는 반응이 더 많았을 정도였다.

그렇다면 만약 이신이 중국에 진출한다면…….

'엄청나다.'

'연봉으로 얼마를 받을지 상상이 안 된다. 중국이니까 분명 상

식을 초월하겠지.'

'황제 대우를 받을 거야.'

'중국 주석도 존경한다는 장첸이 후원자라면······!'

엄청난 시나리오가 그려지고 있었다.

지금까지 해외 유수의 강팀들의 제의를 거절하며 한국에 남아 온 이신.

그러나 사실 이신이 딱히 해외로 진출하면 안 될 이유 같은 건 없었다.

지금까지 쌓아올린 인지도와 실력만 갖고도 성공은 보장되어 있다.

월드 SC 그랑프리에서 늘 좋은 성적을 거두지만 꼭 개인전 금메달리스트만은 배출하지 못했던 중국 e스포츠는 그럴수록 더욱 이신을 원했다.

그날, 인터넷 뉴스 e스포츠 부문이 속보로 도배되기 시작했다.

이신의 중국 진출!

심지어 이신이 중국 진출 제의를 긍정적으로 검토 중이라는 추측성 기사까지 넘쳐흘렀다.

흥분한 네티즌들의 반응들이 각 커뮤니티에서 쏟아졌다.

제6장

소동

　게임은 한국의 자부심 중 하나였다.

　게임 산업은 수출을 이끄는 효자 산업 중 하나였고, e스포츠는 한국이 압도적으로 잘하던 종목이었다.

　하지만 게임에 대한 기성세대의 편견은 여전했다.

　이를 반영하듯 정부는 지나친 규제로 게임 산업을 무너뜨렸고, 투자 미비에 열악한 현실 등으로 e스포츠도 하향세에 접어들었다.

　점점 많아지는 노년층 부양을 위한 젊은이의 부담은 가중되는데, 그 와중에 기성세대는 젊은 세대의 성장 동력을 하나둘 파괴시켜 나간 것이다.

그러는 동안 세계 e스포츠 산업은 눈부신 발전을 거듭했다.

결국 한국은 더 이상 정상에 서지 못한 채 선진적으로 발전된 해외의 프로리그를 부러운 눈길로 쳐다보며 과거 한국의 위상을 추억하는 지경에 이르렀다.

최환열과 오성준 등 가끔씩 천재의 명맥을 잇는 스타들이 세계대회에서 우수한 성적을 거두는 정도였다.

그 두 사람 외엔 별 볼 일이 없다는 게 한국을 보는 해외의 시각이었다.

바로 그런 시기에 이신은 등장했다.

막대한 투자와 최첨단의 선수 육성 시스템으로 중무장한 세계 스타들을 상대로 무패행진을 하며 월드 SC 그랑프리에 돌풍을 일으키기 시작했다.

생소한 스타일과 한 번도 경험해 보지 못한 스피드의 경기 운영.

16강, 8강, 4강······.

전 세계 e스포츠 관계자와 팬들은 설마 싶었다.

끝내 결승전마저 3—0으로 우승.

전무후무한 무패 금메달을 달성한 순간, 전 세계 팬들의 충격과 감동이 기립박수가 되어 쏟아졌다.

우연이 아니었다.

정말로 누구도 범접 못 할 제왕이 탄생한 것이었다.

너무도 강한 나머지 이길 도리가 없는 최강자의 출현이었다.

세계무대에서 일궈낸 이신의 업적과 쏟아지는 찬사에 한국 역시 열광했다.

잃었던 과거의 영광이 찾아줄 영웅이 돌아왔다고 말이다.

월드 SC 그랑프리에서 역대 최강의 역량을 증명한 이신에게 수많은 러브콜이 쏟아졌다.

당연히 엄청난 연봉을 받고 해외 진출을 할 줄 알았다.

그렇게 최고의 대우를 받으며 만리타국에서 활약하는 이신의 모습을 기대하는 국내 팬이 상당수 있었다.

하지만 이신은 한국을 떠나지 않았다.

덕분에 이신을 보러 경기장을 찾아오는 관객들의 행렬로 한국 프로리그는 매년 성장세.

사람들은 한국 e스포츠를 위한 선택이었다며 이신의 행보를 칭찬했다.

하지만 세월이 흐르자 사람들은 조금씩 이신에 대해 알게 되었다.

게임 이외의 모든 것에 대한 귀찮음으로 무장한 이신!

그는 그저 언어가 안 통하는 게 싫어서 한국 밖으로 안 나가는 거였다.

축복받은 외모를 타고났으면서 돈에 아쉬움은 없어 광고 하나 안 찍고 TV 출연도 하지 않았다.

심지어 쇼핑할 시간도 아깝다며 헤진 옷을 입고 다니며 패션 테러를 벌였다. 그 바람에 이신교가 눈에 불을 켜고 코디를 해주기 시작했다.

'이건 그냥 게임 중독자잖아?'

'게임 말고 다른 일도 좀 하란 말이야!'

'돈은 벌 수 있을 때 벌어야지!'

'집도 잘 살아서 아쉬울 게 없다더라.'

'한국 프로리그 지겹지도 않냐?'

'이신이 미국에서 잘나가는 모습 보고 싶은데.'

보물을 집에 처박아놓고 있는 것 같아서 이신을 볼 때마다 안타까움을 느끼는 팬들.

그래서였을까.

이신의 중국 진출 이야기가 터져 나왔을 때 국내 팬들은 의외로 부정적인 의견이 하나도 없었다.

—드디어 해외 진출 하냐.

—지금까지 안 나간 게 이상하지. 아니, 공부도 잘했다면서 외국어 좀 배우면 안 되는 거냐?? 언어 때문에 불편하다고 해외 진출을 안 하고-_-;;;

—중국이라니ㅠㅠ 미국 리그가 더 재미있을 것 같은데…….

—하긴 돈은 중국이 더 많이 주긴 함.

—나 원, 언론 놈들은 다 협회한테 돈 받았냐? 이신 없으면 한국 e스포츠 죽는다고 존나 뭐라 그러네.

—지금까지 한국에 붙어 있어줬으면 됐잖아? 끝까지 이신 단물 빨려고 지랄들이야. 외국 나가서 대박 터뜨리게 놔둬라 이제.

—올도어SCC는 환열이 형님께 맡기면 되지.

—아직 중국 간다는 얘기는 안 했잖아;;;;

—중국에 진출한다 해도 팀 놔두고 바로 가겠냐. 나중에 그럴 계획이 있는 정도겠지. 은퇴할 때까지는 중국에서 선수 생활 하는 것도 괜찮을 듯.

열띤 반응은 중국도 마찬가지.

중국의 팬들은 그저 신난다는 반응 일색이었다.

이신이 중국에 올지도 모른다는 소식에 중국 팬들은 크게 기뻐했고, 이에 화답하듯 프로팀들이 너도 나도 어떤 대가를 치러서든 이신을 영입하겠다고 포부를 드러냈다.

'우린 왕을 영접할 준비가 되어 있다.'

'이신의 플레이 배우고 싶어.'

'이신 영입은 단순한 팀 성적을 넘어 미래를 위한 결정이 될 것.'

이에 질세라 미국 및 유럽 국가들 역시 이신 영입 의사를 다시 드러냈다.

'돈 때문이라면 굳이 중국에 갈 필요 없다.'

'은퇴 후 지도자 과정까지 책임져 주겠다.'

전 세계에서 이신을 모시겠다고 난리를 치니 언론도 그저 신나서 연일 '이신의 기사를 써 재꼈다.

그렇듯 세상은 온통 시끄러운데, 이신은 남의 이야기인 양 연습실에서 조용히 훈련을 할 뿐이었다.

평소와 다를 바 없는 이신의 모습에 선수들은 혀를 내둘렀다.

신의 멘탈이란 표현이 딱 들어맞는다.

아무래도 이신이 어려운 상대라 사적인 질문을 하기가 쉽지 않은 상황.

하지만 제자들을 통해서 이신이 중국어를 잘한다는 이야기가 팀 내에 퍼졌다.

언제가 되었든 이신이 떠나기는 할 거라는 분위기였다.

"신아, 잠깐 얘기 좀 하자."

결국 최환열이 이신을 따로 불러냈다.

감독실에서 두 사람은 진지한 얼굴로 마주 보고 앉았다.

최환열이 입을 열었다.

"얼마냐."

"뭐가?"

"집값."

"……?"

이신의 얼굴이 의문으로 물들었다.

"너 이사 간다는 용인에 호화주택 말이야. 진짜 좋아 보이던데 설희도 그런 집을 사자고 난리다."

이신은 황당함을 느꼈다.

"묻고 싶은 게 그것뿐이야?"

"아, 뭐 중국 진출 건도 궁금하긴 한데 그건 당장 떠날 건 아니잖아. 그치?"

"그야 그렇지."

"그럼 됐어. 따로 구체적인 계획이 잡히면 미리 나랑 상의를 했 겠지."

그것은 믿음이었다.

올도어SCC가 결정된 지 반년도 채 지나지 않아서 떠날 정도 로 무책임한 이신이 아니라는 것을 최환열은 알고 있었다.

"아무튼 그쪽으로 이사 가면 비슷한 집 있나 알아봐 줘."

"알았어."

아무래도 최환열 커플도 결혼 계획이 점점 구체화된 모양이었 다.

"인마, 그리고 말이야."

"뭐?"

"SNS 좀 해라."

"……?"

"SNS 하면 이럴 때 네 입장을 간단히 알릴 수 있고 좋잖아."

"언론 통하면 되잖아. 기자들이 알아서 찾아오는데."

"아니, 꼭 이런 때가 아니더라도 평소에 네 일상이나 어떤 생 각 같은 걸 올려서 알리고 팬들과 소통도 하면서……."

"그런 번거로운 짓을 뭐 하러 해?"

최환열의 얼굴이 황당함으로 물들었다. 팬 관리의 필요성을 전혀 못 느끼는 세계 최고의 e스포츠 스타.

기자들보다 SNS를 더 귀찮게 여기다니 이 정도면 병이었다.

아주 언론을 자기 SNS로 여기는 놈이었다.

"아무튼 간에 기자 통해서 얘기한다 해서 다 네 말을 그대로 기사로 써주는 것도 아니고, 자극적인 방향으로 에둘러 쓰면서 조금씩 왜곡도 하잖아. 그러니까 SNS를 하면 고스란히 네 뜻이……."

최환열의 기나긴 설득 끝에 이신은 SNS를 하는 것에 대해 어느 정도 수긍했다.

백번 양보해서 블로그 정도는 해보기로 했다.

'그러고 보니 차이도 블로그를 했지.'

매일 자기 일상을 일기처럼 써서 사진과 함께 블로그에 올리곤 했다.

때로는 차이의 블로그 글을 통해 이신에 대한 사소한 기사가 만들어지기도 하는 것으로 알고 있었다.

'그런 식으로 하면 되겠지.'

연습실로 돌아온 이신은 인터넷 브라우저를 열었다.

가장 먼저 열린 시작페이지는 올도어가 서비스하는 e스포츠 경기 VOD 사이트.

이신은 자기 이메일이 등록된 포털사이트로 접속해 간단하게 블로그를 만들었다.

블로그 이름은 '이신의 블로그'라고 성의 없이 끼적거렸다.

"선생님, 뭐하세요?"

옆자리의 주디가 불쑥 물었다.

"블로그."

"블로그 하시게요?"

주디가 눈을 빛냈다.

"어."

주디는 날카로운 눈으로 인터넷 브라우저 창 상단에 있는 이신의 블로그 주소를 단숨에 외웠다.

그리고 자신의 즐겨찾기 목록에 추가했다.

성의 없이 블로그를 만든 이신은 글을 쓰기 시작했다.

[제목: 제목 없음

작성자: 이신

본문: 중국 진출은 생각은 해보고 있지만 딱히 어떤 결정을 내린 건 아닙니다.

올도어SCC의 감독이자 선수로서 해야 할 일이 많습니다.

당장은 계획이 없으니 이 질문은 그만했으면 좋겠습니다.]

…끝.

이신은 지 할 말만 해놓고는 작성 완료를 눌렀다.

주디는 대강 만들어진 블로그에 딸랑 몇 줄의 글 하나만 올라가 있는 황량한 풍경에 당혹을 느꼈다.

"선생님……."

"왜?"

"이왕 블로그 만든 거 좀 더 꾸며보는 건 어때요? 게시판도 선생님의 일상과 올도어SCC 팀의 이야기 등으로 나누고……."

"안 해."

이신의 칼 거절.

"그, 그대로 두면 정말 선생님의 글인지도 안 믿을지도 몰라요. 선생님을 사칭하는 사람이라고 생각할 수도 있어요."

"……."

"사진을 찍어서 글과 함께 올리면 어때요?"

이신의 표정이 와락 일그러졌다.

역시나 SNS는 인생의 낭비였다. 번거로운 게 한두 가지가 아니었다.

사진, 특히 셀카는 이신이 제일 싫어하는 것 중 하나였다.

열심히 공부 중이라면서 한 손으로 스마트폰을 만지작거리며 사진 찍는 것들을 위선자라고 믿는 이신이었다.

그의 관점에서 셀카봉은 소름 끼치게 우스꽝스러운 짓거리였다.

이신의 불편한 심기를 알아챈 주디는 잽싸게 자기 스마트폰을 뒤적거리더니, 이신과 함께 찍은 비공개 일상 사진 하나를 찾아내 이메일로 보냈다.

"선생님 이메일로 사진 보냈어요. 그거 첨부하시면 돼요."

이메일을 확인해 보니 용인의 호화 전원주택에서 주디와 찍은 사진이었다.

정확히는 주디가 엉겨 붙어서 멋대로 함께 찍은 건데, 워낙 행동이 잽싸 뭐라고 거절할 틈도 없었다.

그리하여 글에 사진이 첨부되었다.

막 만든 블로그.

꾸며진 레이아웃 하나 없이, 올린 글은 달랑 하나.

제목도 없고 기본 폰트로 그냥 끼적인, 무성의한 블로그의 끝이었다.

또한 블로그를 노출시키기 위한 홍보 수단도 일절 없었다.

한숨을 푹 쉰 주디는 자기 SNS로 로그인해 이신의 블로그 주소 링크를 글로 올려 홍보를 해주었다.

이윽고 차이와 존 역시 주디의 글을 확인하고는 키득거리며 똑같이 이신의 블로그를 홍보해 주었다.

그러자 이신의 블로그에 네티즌들이 물밀 듯이 밀려들어오기 시작했다.

—헐 이신이 블로그 만들었다.

—신께서 블로그를!

—서, 설마 직접 만들고 글 작성한 건가?!

—누가 해줬겠지.

—누가 해준 것치고는 블로그가 너무 성의 없어!!

—살다 살다 이신이 블로그를 만드는 걸 다 보는구나.

—장족의 발전 환영. 소통 좀 하고 사세요, 신이 형.

―헐 주디 넘넘 예쁘다ㅠㅠ

―둘 다 너무 우월해…….

―ㅋㅋㅋㅋㅋ존나 성의 없는 블로그ㅋㅋㅋㅋ

―퍼갑니다.

―퍼갑니다.

―ㅋㅋㅋㅋ치근덕거리는 주디와 귀찮아하는 이신ㅋㅋㅋ

―중국 진출은 아직 계획이 없는 거군요.

―이신교의 새로운 신전이 탄생했구나.

―제자가 찝쩍거려ㅋㅋ

―이신 이 자식아, 주디 공주님이랑 같이 있는데 그렇게 귀찮은 얼굴 하지 말래??

이신의 블로그가 곧 포털 사이트의 검색 순위에 오르기 시작했다.

＊　　　　＊　　　　＊

블로그에 글 하나 올렸더니 기자들이 사라졌다.

'생각보다 편하군.'

중국 진출에 대해 무성했던 말들이 싹 사라졌다.

글 하나 올린 걸로 일단락된 것이다.

그런데 어째 반응이 뜨거웠다.

글에 달리는 댓글 수가 기하급수적으로 늘어난 것.

이웃으로 등록한 유저들도 폭풍같이 늘었다.

그리고 하나같이 왜 글을 안 올리냐고 채근해 댔다.

또 개인방송은 왜 안 하냐고 화내는 댓글도 있었다.

'역시나 귀찮군.'

귀찮음을 느끼는 이유는 이메일 확인을 위해 포털사이트에 접속할 때마다 무수히 많은 알림이 뜨기 때문이었다.

"그냥 뭐라도 올려."

최환열이 핀잔을 줬다.

"뭘 올려?"

"뭐든 보고 싶다는 뜻이잖아. 너에 대해서 궁금한 게 많으니까 글 좀 올려라, 개인방송 좀 해라 난리지."

"……"

이신은 그 말에 일리가 있다고 여겼다.

하지만 그렇다고 시답잖은 글을 쓸 이신도 아니었다.

사진은 더더욱.

잠시 골똘히 생각한 이신은 무언가를 떠올렸다.

그날, 블로그에 동영상 하나가 올라왔다.

역시나 게임 영상.

집에서 장양과 했던 리플레이 중 하이라이트만 짧게 올린 것이다.

마법이 난무했던 공중전 말이다.

공식전에서는 나오기 쉽지 않은 특이한 장면이었기에 특별히 편집해서 공개한 것.

보통 뭐든 훈련 내용은 공개하지 않는 법.

하지만 이신은 다 계산이 있었다.

다음 4강전 상대인 진철환에게 퀴즈를 내는 것.

'난 괴물 상대로도 신족을 쓴다. 너라고 예외는 아니다.'

그렇게 메시지를 던진 것이다.

*   *   *

댓글들이 또다시 수백 개씩 달리는 이신의 블로그.

"진짜 할 말이 없네. 저 인간 미친 거 아냐?"

박영호가 혀를 내두르며 말한다.

"무슨 컨트롤이 저 모양이야. 아, 진짜 머리 아파지네."

진철환은 울상이 되었다.

4강전을 앞두고 상대의 엄청난 퍼포먼스를 보니 골치가 아팠다.

나란히 4강에 오른 박영호와 진철환.

올도어SCC 인류 제국의 핵심인 이신과 차이와의 승부는 JKT 괴물 제국의 듀오로서의 자존심을 건 대결이었다.

그런데 대결을 앞두고서 이신이 그들의 머리를 아프게 했다.

썰렁하기 짝이 없는 블로그에 달랑 게시되어 있는 글 두 개.

그런데 두 번째로 올린 글의 동영상은 실로 엄청난 것이었다.

빌드 오더도 없이 그냥 공중전만 편집되어 올린 영상.

그런데 양측의 비행 유닛 편대가 맞붙는 공중전의 수준이 범상치 않았다.

한 번 잘못 싸웠다가는 삽시간에 망해 버리는 것이 공중전이었다.

아슬아슬한 긴장감 속에서 양측은 서로의 동선과 의도를 정확하게 파악해야 했다.

이신과 장양은 마치 눈으로 보고 있는 것처럼 상대방의 위치를 꿰뚫고 움직였다.

그리고 마침내 맞붙는 순간, 이신의 엄청난 퍼포먼스가 펼쳐졌다.

사략기 편대와 함께 따라온 수송기 1기.

그 수송기에서 암흑심판관과 대사제가 내렸다.

삽시간에 갖가지 마법을 펼친다.

공중전 컨트롤을 하면서, 마법 유닛을 수송기에 태웠다가 내렸다가를 반복하며 미친 듯이 싸워대는 것이었다.

"봐봐, 잔손질이 하나도 없지?"

"어, 그러네."

"급해지면 손이 빨라지면서 헛손질도 좀 나오고 그래야 하는데, 전혀 안 그래."

박영호는 하이라이트 부분을 다시 재생시키며 설명을 이었다.

"저 인간한테는 저 정도 플레이가 하나도 어렵지 않다는 뜻이야."

물론 컨트롤만 붙잡고 하면 저 정도로 할 수 있는 선수가 몇몇 있긴 하다.

그런데 문제는 병력도 생산하고 추가 확장 기지도 가져가는 등 운영도 병행해야 한다는 점.

이신의 진가는 바로 그런 점에서 나온다.

저렇게 컨트롤 난이도가 높은 플레이를 아무렇지 않게 해낸다.

원채 손이 빨라서 하나도 무리가 안 된다. 그래서 손놀림이 차분하고, 실수도 웬만해서는 안 나온다.

그래서 한 번의 실수도 있어서는 안 되는 아슬아슬한 플레이에 능하다.

때문에 상대도 이신이 뭘 할지 몰라서 불안을 느낀다.

심지어 이제는 3종족을 전부 다 플레이한다!

이신의 인류에 대비해 왔던 진철환은 이 영상을 보자 신족도 대비해야 하지 않을까 하는 불안감을 느낄 수밖에 없었다.

신족은 괴물에게 약하다.

그건 당연한 종족 상성이었다.

하지만 최영준과 같은 초일류 신족 플레이어는 그런 종족 상성을 뛰어넘는다.

이신도 마찬가지였다.

저렇게 사략기와 마법 유닛을 잘 쓰면, 도리어 괴물의 천적이 될 소지가 컸다.

"아, 진짜 신족 하면 어떡하지."

진철환은 탄식을 했다.

상대는 이신.

결단코 쉬운 싸움은 아닐 거라고는 예상했다.

하지만 적어도 예상된 범주 안에서 싸우고 싶었다.

준비했던 대로 싸워서 그래도 지면 내 실력이 부족했다고 인정하며 깔끔하게 승부를 마치고 싶다.

하지만 이신은 그렇게 상대하기 깔끔한 상대가 아니었다.

아무것도 못 해보고 당하게 만드는 걸 즐긴다.

예상치 못했던 허를 찔러 우왕좌왕하는 꼴을 보고 싶어 하는 변태였다.

"내 생각엔 너더러 고뇌 좀 해보라고 던져준 동영상 같아."

"그치? 그 인간 진짜 사람이 못되지 않았어?"

"내가 볼 때 이신은 신족을 준비하지는 않고 있을 거야. 게임이 잘 안 풀린다면 즉흥적으로 신족을 선보일 수는 있어도, 준비는 어디까지나 인류야."

"하긴, 괴물 상대로 인류가 얼마나 개사기인데 굳이 신족을 쓸 필요가 없지?"

박영호는 고개를 끄덕였다.

그러면서 그에 대한 대답은 속으로 삭혔다.

'적어도 널 상대할 땐.'

냉정하게 말해 진철환은 이신의 적수가 못 됐다.

괴물은 그야말로 이신이 눈 감고도 잡는 상대 종족이었다.

허를 찔러야 할 정도의 상대가 아닌데, 이신이 쓸데없이 비합리적인 변수를 쓸 이유가 없었다.

진철환의 분위기가 아무리 좋아도, 이신으로 하여금 위협을 느끼게 하지는 못한다.

물론 박영호는 그 생각은 군이 입 밖에 꺼내지 않았다.

다만 속으로 생각할 뿐이었다.

'나밖에 없어.'

그것은 박영호의 각오이기도 했다.

누군가가 이신을 꺾고 최고의 권좌에 오른다면, 그건 자신이어야 했다.

'반드시 이길 거다.'

박영호의 4강전 상대는 차이.

최근 돌풍을 일으키고 있어 이신과의 사제 대결을 기대하는 팬들도 많았다.

하지만 절대로 질 수 없었다.

부유한 부모님 슬하에서 자라 이신의 제자가 되어서 선천적으로 가진 천재적인 재능을 유감없이 발휘한, 그런 속편한 어린 녀석과는 어깨에 짊어진 무게가 달랐다.

가난한 집에서 태어나 부모님이 고생하는 것을 보면서도, 학업을 접고 프로게이머가 된 것이 얼마나 힘든 과정이었는지 그 쥐 방울만 한 태국 꼬맹이는 모를 것이다.

얼마 되지도 않는 연습생 월급을 꼬박꼬박 집에 붙이면서, 박영호는 피눈물로 성공을 위해 노력했다.

'그러니까 내가 이겨야지.'

상대가 누구든 절대로 안 진다.

박영호의 불타는 눈빛이 동영상 속의 현란한 플레이를 펼치는 이신을 겨냥했다.

*　　　*　　　*

용인의 저택으로 이사를 갔다.

비싼 돈을 주고 업체를 고용했기 때문에 딱히 한 일은 없었지만, 이사를 마치고 나니 이상하게 피로가 밀려왔다.

장양은 컴퓨터가 세팅되자마자 게임 삼매경에 빠졌고, 차이와 존은 집안 곳곳을 다니더니 인근으로 탐험을 떠났다.

주디는 이신이 블로그에 올릴 사진을 찍겠다며 매우 열심히 집안 풍경 사진을 찍었다.

"이거 좋죠?"

"이 사진은 어때요?"

"저기 앉아보세요."

이신은 귀찮음이 밀려왔지만 어쩔 수 없이 주디와 어울려 주어야 했다.

이사하면서 가구 배치 지시나 부엌 정리 등을 주디가 거의 도맡아 했기 때문이다.

아무것도 안 하고 손 놓고 있었던 이신은 차마 피곤하다는 말을 꺼낼 수가 없었다.

"이 사진이 제일 좋은 것 같아요."

주디는 이신이 1층 거실 소파에 앉아 있는 사진을 택했다.

유리창 밖으로 보이는 정원 풍경.

주디의 센스가 들어간 1층 거실 인테리어.

그리고 특유의 피로한 표정으로 소파에 앉아 있는 이신의 빛나는 외모까지.

사진은 그야말로 한 폭의 화보가 아닐까 생각될 정도였다.

블로그에 투척하면 수십만 이신교 광신도들이 다운받아 컴퓨터 바탕화면으로 쓸 것이 틀림없었다.

실제로 주디가 가장 먼저 자기 바탕화면을 그 사진으로 바꿔 버렸다.

이신이야 늘 거울로 보는 자기 얼굴이라 별 감흥이 없었지만 말이다.

"블로그에 올리세요."

이신은 두말없이 그 사진을 블로그에 올렸다.

말 잘 듣는 이신의 태도에 주디가 매우 흡족해했음은 물론이었다.

'정말 피곤하군.'

그날 밤, 이신은 1층 안방에 꾸며진 자신의 침실로 들어가 침대에 몸을 뉘였다.

딱히 한 일이 없었는데, 환경이 달라져서 그런지 정신적으로 피로했다.

반지에 마력을 불어넣으면 간단히 피로를 회복할 수 있었지만, 이신은 잠을 택했다.

때로는 피로한 몸으로 푹신한 침대에 누운 달콤함을 즐기고 싶었다.

'응?'

눈을 감고 잠을 청하는데, 문득 침대에서 느껴지는 안락감이 평소와 다른 것 같다는 기분이 들었다.

침대나 침구류는 이사 전과 동일한데 말이다.

무언가 이상한 느낌이 들어서 눈을 떴을 때였다.

"피곤한 일이 있었나 봐요?"

"……!"

천하의 이신도 깜짝 놀랐다.

지척에 그레모리가 있었기 때문이었다.

그랬다.

이신은 어느새 마계에, 그것도 그레모리의 침실로 소환된 것이었다.

그녀는 이신과 한 침대에서 한 이불을 덮은 채 장난스러운 웃음을 지었다.

"놀랐나요?"

"…예."

"후훗, 미안해요."

그녀는 이신을 향해 손을 뻗었다.

그 바람에 이불이 살짝 들춰지면서 그녀의 상체가 드러났다.

그레모리는 젖가슴이 반쯤 드러난 보라색 네글리제 차림이었다.

뽀얀 살결을 보자 이신은 잠이 확 달아났다.

"대신 피로를 풀어드리죠."

그녀의 손길이 이마를 매만졌다.

그 바람에 이신은 그곳에서 일어날 타이밍을 놓쳐 버렸다.

이마를 매만지고 머리칼을 쓸어 올릴 때마다 쌓여 있던 피로가 사르르 녹는 것이 느껴졌다.

얼음이 녹고, 죽었던 세포가 다시 살아나 약동하듯이, 이신은 편안하면서도 자극적인 감각을 느꼈다.

그레모리도 뭐가 그리 재미있는지 이신의 머리를 계속 쓰다듬는다.

그런 기묘한 상황 속에서, 이신이 입을 열었다.

"서열전입니까?"

"네, 물론 우리가 도전하는 거고요."

"마침내군요."

다음 상대는 서열 54위의 악마군주 아미.

그리고 그 계약자는 다름 아닌 항우였다.

'하필이면 이런 때.'

4강전을 코앞에 두고 있을 때였다.

개인리그가 끝날 때까지는 다음 서열전이 없기를 빌었는데, 미리 그레모리에게 양해를 구할 걸 그랬다는 생각이 들었다.

하지만 또 한편으로는 기대되는 마음 역시 들었다.

상대가 그 유명한 항우였다.

유방과 중국 천하를 다툰 역발산기개세의 영웅 말이다.

항우는 엄청난 만행을 저지른 최악의 폭군이기도 한데, 중국에서는 영웅으로 숭상하기도 했다.

그의 용맹과 드라마틱한 최후가 너무나도 인상 깊었기 때문이었다.

바로 그런 상대와 싸워야 한다는 생각에 이신은 흥분으로 몸이 달아올랐다.

강렬한 승부욕에 아드레날린이 뜨겁게 치밀어 오르는 기분이었다.

제7장

책사

"항우의 종족은 역시나 오크로군요."

질 드 레가 말했다.

이존효도 고개를 끄덕였다.

"확실히 오크가 좋죠. 기본적인 완력과 체력이 좋고 기병 전력이 막강하니까요."

"휴먼도 기사가 있는데 왜 굳이 오크일까? 살아생전에 그만큼 날고 긴 작자면 마계에서도 같은 인간으로 구성된 군대를 지휘하고 싶어 하지 않았을까?"

콜럼버스가 제기한 의문이었다.

서영도 일리가 있다는 듯이 고개를 끄덕였다.

하지만 마르몽이 입을 열어 그 의문에 답했다.

"인간이 싫겠지."

모두가 마르몽을 바라보았다.

마르몽이 설명했다.

"용맹하고 싸웠다 하면 활약하고 그런데 멍청하고. 그런 인간의 기본적인 공통점은 결국 망했다는 거야. 살면서 힘으로 안 되는 게 없어서 머리를 쓸 필요를 못 느끼니까. 조아생 뭐라만 봐도 알 수 있는 사실이지."

"오, 듣고 보니 그러네. 어이, 이존효! 저 말이 사실이야?"

"왜 나한테 묻나!"

"아무리 봐도 자네 얘기 같잖아, 안 그래?"

"다시 지옥에 보내줄까?!"

콜럼버스의 장난스러운 질문에 이존효가 벌컥 화를 냈다.

천하제일의 무력을 지녔으나 제 성질에 못 이겨 반란을 일으켰다가 망한 이존효도 마르몽이 말한 실패 케이스의 범주를 벗어날 수 없었다.

꾹꾹 화를 삭인 이존효는 이신에게 말했다.

"아예 틀린 말은 아닙니다. 생전에 전쟁 뛰다 보면 약해빠진 것들 때문에 답답했던 기억이 한두 번이 아닙니다. 항우도 마찬가지였을 테고 인간관계도 안하무인이었으니, 차라리 오크가 다루기 좋다고 느꼈을 겁니다."

"솔직히 기사는 강력하긴 하지만 기동성에서는 오크창기병이

나 오크궁기병보다 떨어집니다. 오크들은 옛날 북방 오랑캐들이 연상될 정도로 날래잖습니까."

서영도 거들었다.

권속 사도들의 이야기를 전부 들어본 이신은 고개를 끄덕였다.

"기본적인 전술 형태는 조아생 뭐라와 크게 다를 것 같지 않군."

"제가 볼 때, 오크에게 오크창기병과 오크궁기병의 조합보다 더 좋은 병과 구성은 없어 보였습니다."

질 드 레가 결론을 내렸다.

결국 기병대 위주의 공격적인 기동전이라는 형태는 오크를 고른 이상 나타날 수밖에 없는 특징이었다.

"결국 또 상대가 공격이고 우리는 방어하는 형태인가."

콜럼버스가 중얼거렸다.

"주군의 치유 능력 덕분에 초반 공세도 시도할 수는 있게 됐지만, 상대 종족이 오크라면 얘기가 다르지. 기동력이 압도적인 적을 상대로 야전(野戰)을 벌이는 건 미친 짓이지."

질 드 레가 계속 말했다.

"이쪽은 프랑스 기사단을 괴멸시킨 흑태자 에드워드와 같은 전략으로 승부를 내야 합니다. 항우도 성질이 폭급하기로는 둘째가면 서러워할 작자이니, 분명 제풀에 먼저 무모한 공격을 감행해 오는 순간이 있을 겁니다. 그때 반격을 하는 형태로……."

그때, 이존효가 도중에 말을 끊었다.

"잠깐만, 그건 항우에게 참모가 없을 때의 이야기가 아닐까?"

"…듣고 보니 그럴 수 있겠군."

질 드 레도 수긍했다.

결국 실패해서 천하를 놓친 항우.

유능한 재사였던 범증의 말을 듣지 않아 그렇게 몰락한 항우이니 뭔가 교훈을 얻지 않았을까?

"내가 항우랑 비슷한 부류의 인간임은 인정하지. 나라면 똑똑한 사람을 사도로 삼아서 사전에 철저히 전략을 짜겠어. 내가 어리석다는 건 죽음으로 충분히 깨달았으니까."

이존효가 그리 말하니 더욱 설득력이 있었다.

'나폴레옹도 그 부분을 지적한 적 있었지.'

이신도 인정했다.

현재 항우의 곁에는 전략가가 있을 것이다.

참모로 삼아 곁에 둔 사도는 오크가 아닌 인간일 가능성이 높았다.

기본적으로 오크는 체력적으로 우월한 대신 머리는 더욱 멍청하니까.

서열전에서는 소환해서 쓸 수 없다 하더라도, 사전에 전략을 수립하는 역할만 해도 5명밖에 얻을 수 없는 사도 중 하나로서의 가치는 충분했다.

"주군, 그렇다면 항우 곁에 있는 참모가 누군지를 먼저 밝혀내야 하지 않겠습니까?"

서영이 물었다.

이신도 이에 동의했다.

"그렇군. 일단 정보를 알아봐야겠어."

72악마군주의 계약자들 중 가장 신참인 이신은 소식통이 느리다는 단점이 있었다.

'수소문을 해봐야겠군.'

이신은 늘 정보를 공유하는 사이인 조아생 뮈라와 오자서를 떠올렸다.

일단 두 사람에게 기별을 넣었다.

가장 먼저 만난 건 조아생 뮈라.

그다지 기대는 안 했지만, 역시나 조아생 뮈라는 항우에 대해 아는 바가 없었다.

"이야, 한 번 붙고 싶었던 작자이긴 했는데 말이지. 아쉽게도 그럴 기회가 없더라고. 당연히 아는 것도 없지, 뭐."

"그런가, 알겠다."

이신은 조아생 뮈라가 쓸모없음을 알고 곧바로 작별을 고하려 했다.

"어허, 이 친구야!"

그러자 조아생 뮈라가 이신을 붙잡았다.

"네 친구 아냐."

"그래그래, 이 친구야. 그렇다고 그냥 가면 섭섭하지."

"안 섭섭하다."

"에헤이, 그러지 말고 들어봐. 모의전 연습 상대가 필요하지 않아?"

그 말에 이신은 떠나려던 발걸음을 멈췄다.

확실히 항우와의 일전에 대비할 모의전 상대로 조아생 뮈라만 한 사람이 없었다.

동양에서 싸움 잘하는 남자로 항우가 있다면, 서양에는 조아생 뮈라가 있다고 해도 과언이 아니었다.

물론 활약상에서는 항우보다 뒤처지지만, 조아생 뮈라도 나름대로는 나폴레옹의 휘하에서 판이 큰 전쟁에서 활약한 남자였다.

'연습 상대로는 확실히 제격이군.'

이신이 물었다.

"네 다음 상대가 로베스피에르인가?"

"오, 눈치 빠른데. 맞아, 그 녀석한테 도전을 받게 될 것 같거든."

상대가 로베스피에르 같은 휴먼이라면 그 연습 상대로 이신만한 계약자도 없는 것이었다.

이신은 로베스피에르와 겨뤄보기까지 했으니 말이다.

"좋다. 서로 이익이니 거절할 이유가 없군."

그렇게 조아생 뮈라와 모의전 약속을 하고는 이번에는 오자서에게 기별을 넣었다.

"아는 바는 없지만 어느 정도 추측은 가능하지."

"어떻게 말입니까?"

"일단 항우라는 자의 됨됨이를 보지. 성격이 난폭하고 안하무인이며 당연히 아랫사람의 간언도 귀 담아 듣지 않지."

"그랬죠."

그럼에도 불구하고 일시적이나마 천하를 쥐었다니 실로 놀라운 초인이 아닐 수 없었다.

"그런 사람은 필시 인재를 알아볼 줄도 모르네."

오자서는 피식 웃으며 옛날이야기를 꺼냈다.

"내가 손무를 천거했을 때도, 그 친구는 자기 능력을 증명하기 위해서 병법서를 써서 진상하고 궁녀를 훈련시켜 보이는 등 별짓을 다 해야 했지."

그때 손무가 쓴 병법서가 바로 나폴레옹도 즐겨 읽었다던 손자병법.

마키아벨리의 군주론도 그렇고, 그 손자병법이 사실은 취업용 포트폴리오였던 것이다.

"아무튼 간에 인재를 알아볼 줄도 모르는 항우일세. 심지어 타인의 말을 귀 기울일 줄도 모르는 독불장군이 참모로 삼아서 믿고 따라야 할 정도라면 어떻겠는가?"

그 질문에 이신은 곰곰이 생각을 해보았다.

독불장군에 안하무인.

그런 부류의 인물은 대개 인종차별적인 성향도 가진다.

한족(漢族)이 타민족을 오랑캐라서 업신여겼듯이 항우도 그런 성향을 가졌을 터.

"적어도 서양 사람은 아니겠군요."

"북방 유목 민족이나 자네와 같은 조선 출신도 아닐 걸세. 듣자 하니 항우는 초나라 명문가 출신의 군벌이라고 하지 않았는가."

항우의 부친은 항연이라는 장수로 전국시대 초나라 최후의 명장이라 불린 인물이었다.

대대로 초나라 장수로 지낸 명문가라 항우는 그 자부심이 남달랐을 게 분명했다.

"그리고 천하를 제패했을 정도로 패도지세를 보였던 인물이라면 웬만한 인물로는 성에도 안 차고 우습게 여기겠군. 이존욱 그놈처럼 말이지."

오대십국시대에 후당을 건국하며 일시적으로 천하를 통일했던 이존욱.

그는 그런 자신의 생전의 활약을 내세우며 오자서를 우습게 여겼다. 그 탓에 오자서가 앙심을 품고 있다가 보복을 했고 말이다.

이신은 오자서의 말에 동의했다.

"아마 안 좋은 성격은 다 가지고 있을 겁니다."

항우의 인격은 그야말로 최악이었다고 해도 무방하니 말이다.

개인적으로는 인자하고 상대를 존중하는 태도도 있어 남자답다는 이미지를 갖고 있지만, 군주로서는 의심이 많고 옹졸하여 한신이 '필부의 용맹, 아녀자의 인정'이라 평하기도 했다.

개인의 용맹과 미녀와의 로맨스 등으로 항우를 낭만시하는 시각도 있지만, 기본적으로는 6차례나 대학살을 일으킨 항우를 사이코패스로 보는 학자가 적지 않았다.

"듣자 하니 양민을 수차례나 학살했다는데, 그게 사실이면 정말 미친놈일세."

"그때 이미 계약자로 선택받아서 악마군주의 사주를 받고 학살을 했을지도 모르겠군요."

"그럴 수도 있겠지. 아무튼 간에 그런 자가 참모로 삼아서 신뢰해야 할 정도면, 첫째로 자기가 명성을 들어봤던 사람이어야 하고, 둘째로 같은 민족이어야 하네."

그러면서 오자서는 웃으며 설명을 계속 이어나갔다.

"또한 셋째로 전쟁과 관련된 인물이어야 하네. 항우는 무식쟁이 군인이니 정치보다는 전쟁 쪽에서 실적이 있는 인물만을 인정할 테니까."

"넷째로 죽어서 지옥에 떨어졌을 위인이어야겠군요."

"바로 그러네. 게다가 그런 자는 옛 고사에 어두울 걸세. 옛일을 돌아보며 교훈을 배우는 일에 충실했다면 그런 인간이 될수가 없으니까. 그러니 아마도 너무 옛날보다는 자기가 살던 시대에서 귀 따갑게 명성을 들어보았을 사람일 가능성이 높겠군."

설명을 모두 마치고 오자서는 씨익 웃어 보였다.

"어떤가? 이 정도면 대충 항우의 참모가 어떤 사람일지 대략 성향은 짐작할 수 있지 않겠는가?"

이신은 청산유수 같은 오자서의 추론에 감탄하지 않을 수 없었다.

저렇게 많은 요소를 염두에 두고 추론을 할 수 있다니.

실로 명성에 걸맞은 오자서의 혜안이었다.

"어찌 되었건 항우와의 서열전도 아마도 한차례로 끝나지 않을 걸세."

"서열전을 여러 번 치러야 할 거라고요?"

"그렇네."

"그렇게 생각하시는 이유가 따로 있습니까?"

물론 최근에는 최소한의 마력 배팅으로 서열전을 여러 번 치르는 방식의 대결을 선호하긴 했다.

특히나 처음 만난 상대라면 일단 한 번 싸워봐서 지더라도 상대에 대해 파악하는 일을 중시 여기기도 했다.

상대가 어떤 인물인지 모르는데 큰 배팅을 하고 단판 승부를 벌일 가능성은 낮았다.

악마군주들은 자기 마력을 굉장히 소중히 여기기 때문에 도박을 하려 들지 않으니까.

"참모를 두지 않았는가. 하지만 항우의 종족은 오크인데 참모는 인간이니 서열전에 직접 끼지는 못하지. 이게 무슨 뜻일 것 같나?"

"싸움은 항우 본인의 몫입니다."

"절반만 맞았네."

그리 말하며 오자서는 정답을 일러주었다.

"한 번도 붙어보지 못한 상대와 첫 대결을 치른다면, 경우에 따라 참모가 준비한 전략이 무용지물이 될 수가 있지. 하지만 여러 차례 싸운다면, 한 번 싸울 때마다 이를 유심히 지켜보았던 참모가 전략을 수정하거나 할 수 있지 않은가. 항우가 참모를 써먹으려면 그런 형태가 되어야 할 걸세."

"아!"

그제야 이신은 오자서의 말뜻을 알아들을 수 있었다.

그와의 면담은 여러 가지로 성과가 컸고, 이신은 오자서의 지혜를 보며 많은 것을 배울 수 있었다.

*   *   *

이신과 모의전을 하면서 조아생 뭐라는 신세계를 경험했다.

"대체 뭘 하는 거야? 생각 안 하고 싸우니까 머리는 편하지?"

"생각이 없으면 할 일이 없어서 여유 넘치는 그 작은 두뇌로 카운트라도 세."

"기본적인 테크 트리는 좀 잡고 시작을 하란 말이야."

"너 지금 전장 지형도 모르지? 머저리인 게 자랑스러워?"

생전과 사후를 통틀어 여태껏 자신에게 이렇게까지 모욕한 사람은 없었다.

그런데 문제는 이신이 정말 언행일치가 뚜렷한 스승이라는 것이다.

말만 앞세우는 게 아니라, 정말로 조아생 뭐라로 하여금 자신이 멍청하다는 사실을 체감하게 했다.

"끄응, 조금 쉬었다 하지!"

모의전을 또 패배로 장식한 조아생 뭐라는 부아가 치미는 걸 참으며 말했다.

이신은 그럼 그러라는 듯이 어깨를 으쓱했다.

"내 인생을 통틀어 이렇게 날 열 받게 한 놈은 네가 처음이다!"

"그 서열에 너처럼 생각 없이 싸우는 계약자도 없겠지."

"난 원래 생각을 하면서 싸우면 더 안 되는 타입이야!"

자랑스럽게 말하는 조아생 뭐라.

이신은 혀를 찼다.

"그러니까 더 높이 못 올라가고 하위 서열에 머물러 있는 것이지."

"뭐야!"

"상위로 가면 너처럼 잘 싸우면서 생각도 있는 계약자가 널리고 널렸을 거라고 보는데."

"에이, 그건 좀 아니지. 역사를 통틀어서 나처럼 잘 싸운 사람이 몇이나 된다고?"

조아생 뮈라는 자기 가슴을 탕탕 치며 거만하게 말했다.

"난 주먹 하나로 나폴리의 왕이 된 남자야!"

"그게 똑똑한 나폴레옹 밑에서 싸운 덕이라고 생각하지는 않고?"

"…뭐, 그런 면이 없지는 않지."

그 점은 순순히 인정하는 조아생 뮈라였다.

실제로 나폴레옹을 배신하고 등지고서 그는 얼마 안 있어 몰락하고 말았다.

"내가 보기에는 너야말로 참모가 필요해 보이는군."

이신이 말을 이었다.

"계약자로서 네가 서열전을 얼마나 잘 치르든 내 알 바는 아니지만, 모의전 상대로서 좀 더 제대로 실력 발휘를 해주지 않으면 곤란하니까."

이신이 보기에 조아생 뮈라는 제대로 된 빌드 오더도 모른 채 즉흥적인 전략만 주구장창 시도하며 의외성만 노리는 것으로 보였다.

승리를 만들어낼 줄을 모르고 반쯤은 행운에 기대는 그런 방식은 오래가지 못할 거라고 생각했다.

"흐음, 참모라. 그것 참 애매하단 말이야."

"뭐가?"

"내가 오랫동안 마계에서 지내면서 내로라하는 전략가들이 계약자로 나타났다가 몰락해서 사라지는 경우를 한두 번 보는 줄 알아? 이게 또 전쟁이랑은 달라서 참 머리 좋은 양반이었다고 서 열전을 잘하는 건 아니란 말이지. 이해 돼?"

이해되다마다.

'그야 뛰어난 군인이라고 게임을 잘하는 건 아니니까.'

이신이 말했다.

"참모라고 하면 전쟁에서 실적이 있었던 전략가를 생각하기가 쉬운데, 나라면 행정가 쪽을 살피겠어."

"행정? 아, 듣고 보니 그럴 듯한데? 돈과 시간이 중요하니까 그 쪽에 밝은 사람이 좋겠어."

조아생 뮈라의 얼굴에 비로소 구미가 당긴다는 표정이 나타났 다.

"그럼 참모로 삼을 만한 사람이 있나 살펴봐야겠군."

그 뒤로 조아생 뮈라는 몇 판을 더 모의전 상대로 해주다가 돌아가 버렸다.

연습을 마치고 돌아온 이신은 조아생 뮈라와 했던 모의전 기 록을 전부 노트에 옮겨 적으며 분석을 시작했다.

'역시 초반부터 압박을 가하는 것이 오크로서는 가장 효과적 이군.'

후반으로 넘어갈수록 힘을 받는 휴먼.

초중반에 강력한 오크.

오크로서는 초반부터 강하게 휴먼을 압박하는 전략 형태가 가장 합리적이었다.

설령 초반에 끝장을 보려는 게 아니더라도, 휴먼으로 하여금 방어에 마력을 쓰게 만들어서 성장을 억제시키는 압박은 있어야 한다고 생각이 들었다.

'특히나 상대는 항우니까.'

사도에게 빙의해서 자신의 엄청난 무력을 펼칠 수 있다는 강력한 무기가 있었다.

피차 병력이 얼마 없는 초반일수록 개인의 용맹이 큰 위력을 발휘한다.

그 점을 노리고, 조아생 뮈라의 경우는 가끔씩 오크 노예에 빙의해 극 초반에 맨주먹으로 상대에게 큰 피해를 입히는 기습 전법을 쓰기도 했다.

조아생 뮈라가 떠올린 발상이라고는 믿을 수 없을 정도로 효과가 좋은 전략이었다.

'방어를 탄탄히 다지면서 시작을 해야겠군.'

항우가 자신의 용맹을 앞세운다면, 이신으로서는 대항할 수 있는 카드가 많지 않았다.

'이존효나 질 드 레, 서영을 소환한다면 어느 정도 대항할 수 있겠지만.'

하지만 그 세 사도를 소환하려면 충분한 시간이 필요하다.

이신의 사도 중 가장 강한 이존효는 아쉽게도 창병이었다.

말을 타지 않아서 불리한 면이 있었다.

그 불리함이 상쇄되려면 그리핀을 소환해서 태워야 한다.

하지만 그리핀을 소환하려면 테크 트리를 충분히 거쳐야 한다.

오크가 오크창기병을 소환하는 것보다 훨씬 시간이 걸린다.

이는 질 드 레나 서영 같은 기사도 마찬가지였다.

결국 초반의 압박은 용맹스러운 사도가 아니라, 심시티와 전술로서 막아야 한다는 뜻이었다.

"궁병 중에서 새로운 사도를 구해보시는 건 어떻습니까?"

이신이 안고 있는 고민에 대해 질 드 레가 건넨 조언이었다.

"지금 있는 사도들 중에 한 사람을 포기하라는 건가?"

이신은 의외의 조언에 놀라 그렇게 물었다.

질 드 레는 고개를 저었다.

"권속이자 하급 악마가 된 사도라면, 사도의 자리에서 물러나고도 여전히 주군의 곁에 있습니다."

"…그런 방법이 있었군."

그 말을 들은 순간, 이신은 항우의 참모도 그런 형태일 거라는 직감이 들었다.

어차피 서열전에서 전장에 소환할 수 없다면 사도로 계속 둘 필요도 없는 게 아닌가?

어차피 자기 권속의 악마라면 서열전에서 소환해 써먹지 못하더라도 평소에 함께 전략을 짜고 모의전 상대가 되어주는 역할 정도는 충분히 할 수 있으니 말이다.

"그래서 우리 중 서열전에서의 활약 빈도가 낮은 사도를 그런 식으로 돌리고 초반에 빨리 소환할 수 있는 궁병 중에서 활을 잘 쏘는 인물을 사도로 삼는 것도 하나의 방법이라고 생각합니다."

"괜찮은 방법이긴 한데 아직은 현장에서 쓸모가 없는 사도가 없군."

콜럼버스는 정찰에 필수적.

이존효의 용맹은 당연히 서열전에서 소환해 써먹어야 가치가 있다.

서영 또한 마찬가지.

포격에 능한 마르몽의 감각도 현장에서 빛을 발하는 타입.

그렇다면 남은 건 질 드 레였다.

질 드 레는 이신의 참모 역할도 하고 모의전 상대로 많이 활약하므로, 사도에서 제외해도 여전히 도움이 될 것이다.

하지만……

'역시 아깝지.'

현장지휘관으로서의 질 드 레의 가치 또한 무시할 수가 없었다.

병력을 20명까지 휘하에 넣어 자유자재로 통솔하는 질 드 레의 능력 '지휘'는 게임으로 치자면 이신의 마이크로 컨트롤이나 다름없었다.

똑같이 병력이 20명씩 있으면 질 드 레가 있는 이신이 무조건

이긴다고 봐야 한다.

게다가 질 드 레는 용맹과 지략을 겸비한 타입으로, 검술 실력 또한 무시하지 못했다.

"그 얘기는 나중에 다시 생각해 보기로 하고, 일단은 이대로 한다."

"예."

이신은 질 드 레와 머리를 맞대고 전략을 수립해 나갔다.

'초반은 콜럼버스의 역할이 크다.'

정찰에 특화되어 있고, 여차 하면 이신이 빙의해서 치유 능력을 펼쳐야 했다.

게다가 콜럼버스가 가진 무기 마비침은 항우의 무력에 대해 좋은 카운터가 될 수 있었다.

격렬히 싸우는 순간에 1초간 마비시키면 그것만으로도 엄청난 효과를 발휘하니 말이다.

즉, 콜럼버스는 서열전 내내 아껴두어서 항우에 대한 스나이퍼로 활용한다는 방침이었다.

그러면서 전체적인 큰 틀의 전략은 운영 대결.

수비적인 형태로 안정적으로 성장해서 규모가 큰 싸움을 하겠다는 의지였다.

"오크창기병과 오크궁기병의 조합은 무섭지만, 그게 큰 위력을 발휘하는 건 중반까지입니다."

역사가 말해준다.

말을 타고 활을 쏘며 맹위를 떨치던 북방 유목민족들은 문명이 발달하면서 점점 쇠락했다.

서열전 양상도 마찬가지였다.

결국 휴먼이 점점 디펜스 라인을 구축하면서 영역을 늘려나가면 결국 밀어낼 수가 있다.

석궁병, 기사, 그리핀, 마법사, 투석기 등 보다 다채롭게 병과를 구성하면 결국 오크에게 밀릴 이유가 없게 되는 것.

"투석기와 마법사 위주가 괜찮아 보입니다."

질 드 레가 의견을 냈다.

"지상전에서 강력한 기동성과 공격력을 가진 오크를 당해내기 어렵습니다. 하지만 그렇다고 해서 보다 뛰어난 기동력을 무기로 삼자고 그리핀으로 공중전 전력을 키워도 손해는 마찬가집니다."

"그렇겠지."

이신도 오크의 특성을 잘 연구했기 때문에 이에 동의했다.

그리핀 같은 비행 유닛은 오크궁기병의 밥이 될 소지가 높았다.

하늘을 날지는 못하지만 말을 타고 빠르게 다닐 수 있으며, 그리핀을 발견한 즉시 활로 집중 사격을 해서 격추시킬 것이다.

"그렇다고 기사단 위주로 우리도 맞대응하자니……."

"상대가 원하는 싸움을 해주면 안 됩니다. 주군께서 하신 말씀이시지요."

이신은 잘 배운 제자의 대답에 미소를 지었다.

기사단과 그리핀에 태운 석궁병이라는 조합으로 오크의 기마 군단에 맞상대하는 방법도 생각해 볼 수는 있었다.

하지만 싸움에 자신이 있는 항우에게 말 타고 싸우자고 한 번 붙어보자고 소리치는 꼴이다.

승부는 알 수 없지만, 일단 항우라면 호승심이 생겨 좋다고 덤벼들 게 뻔하지 않은가.

게다가 항우는 야전사령관으로서의 전술 능력은 의심할 여지가 없었다.

"한번 해보지."

다음 날.

이신은 또다시 조아생 뮈라를 불러서 모의전을 치렀다.

조아생 뮈라는 역시나 대단히 싸움을 잘했지만, 콜럼버스의 마비침 때문에 활약의 순간마다 번번이 주춤거려야 했다.

콜럼버스를 스나이퍼로 활용하는 방침도 큰 효과를 거두고 있는 셈이었다.

조아생 뮈라의 공격을 계속 격퇴해 나가며 투석기와 마법사 위주로 병력을 편성.

충분한 병력이 모일 때마다 진출해서 방어선을 올리고 마력석 채집장을 새로 가져갔다.

큰 규모의 싸움이 되자 조아생 뮈라는 맥을 못 추고 갈팡질팡했다.

"제기랄! 졌다!"

조아생 뮈라는 짜증이 치밀어 더 싸워보지도 않고 곧장 패배를 선언했다.

"포기가 빠르군."

"더 싸워봐야 질 게 뻔하잖아?"

"아무리 어려운 상황에서도 역전할 수 있는 방법이 아예 없는 건 아니다. 끝까지 포기하지 말고 궁리해 봤어야지."

"아, 됐어! 내 머리로는 그런 방법 안 떠올라."

"그리고 끝까지 싸워서 처참하게 져 봐야 자기가 왜 졌는지 몸으로 알 게 아니냐."

"됐고 일단 좀 쉬자고."

조아생 뮈라는 잔뜩 챙겨온 술을 한 병 꺼내 벌컥벌컥 마셨다.

술을 워낙 좋아해서 모의전이 끝날 때마다 마시곤 하는 조아생 뮈라였다.

'싸움 잘하고 참을성 약한 인간들의 공통점인가?'

조아생 뮈라는 훌륭한 모의전 상대였다.

하지만 중반 이후로 전세가 이신에게로 서서히 기울면 그때부터 쉽게 무너져 버렸다.

실제 서열전이었다면 저렇게 포기가 빠르지 않을 텐데, 모의전이다 보니 성질에 못 이겨서 금방 싫증나 버린 것이었다.

"주군, 그래도 성과는 충분합니다. 공격을 모두 막아내며 싸움을 중반 이후로 끌어가는 데는 성공했으니까요."

질 드 레가 나직이 말했다.

이신도 고개를 끄덕였다.

이만하면 이신이 할 수 있는 준비는 다 끝났다.

남은 변수는 악마로서의 항우의 능력, 그리고 항우의 참모였다.

*   *   *

이신 특유의 철저함으로 준비가 완료됐다.

덕분에 연습 상대가 되어준 조아생 뮈라도 로베스피에르와의 서열전에 대한 자신감이 충만했다.

"이야, 역시 똑똑한 것들은 뭐가 달라도 다르단 말이야. 덕분에 이번처럼 준비가 철저히 된 경우도 없었어."

"피차 득을 보았으니 다행이군."

"그런데 말이야, 그쪽."

조아생 뮈라는 뜬금없이 질 드 레를 가리켰다.

"댁도 꽤 실력자던데, 다음 상대가 마물일 때도 연습 상대로 부탁해도 되겠나?"

연습을 하다가 가끔씩 질 드 레가 상대가 되어주고, 이신은 제삼자의 입장에서 지켜보며 양측의 문제점을 짚어주는 일도 했었다.

그때 선보였던 질 드 레의 실력은 조아생 뮈라가 지금껏 봐 왔던 수많은 마물 계약자들과 비교해도 결코 하수가 아니었던 것.

이신에게 단련되었으니 당연한 일이라 할 수 있었다.

"그건 주군의 의사에 달린 일이오."

조아생 뮈라는 이신을 바라보았다.

이신이 말했다.

"그때도 네가 나에게 줄 것이 있다면."

"짜게 굴기는."

"애당초 잠재적 경쟁자이니까."

"좋아, 다음에 또 도움이 필요할 땐 괜찮은 선물을 가져다주지. 그럼 잘해보라고!"

그렇게 조아생 뮈라는 떠나갔다.

"제멋대로인 인간이지만 확실히 많은 도움이 됐습니다."

질 드 레가 내린 평이었다.

이신은 고개를 끄덕였다.

"저만큼 좋은 연습 상대도 없지."

저 정도로 항우와 비슷한 타입의 계약자도 드물 터였다.

어쨌거나 이제는 이신도 슬슬 서열전 준비를 마무리 지어야 할 때였다.

항우든 뭐든 빨리 마계 쪽 상황을 정리하고 현실로 돌아가 개인리그 준비를 해야 하는 것이다.

'그나마 다음 상대가 진철환이라 다행이군.'

사실 박영호의 생각이 옳았다.

이신은 JKT의 신진 에이스 진철환을 별달리 위협적인 적수로 여기지 않았다.

따지자면 그럭저럭 잘하는 괴물 플레이어?

얼마나 잘하든 박영호나 장양같은 최고 수준이 아닌 한, 괴물 은 이신에게 그저 한 끼 식사거리였다. 종족 상성과 그동안 몸에 배인 노하우는 그렇게 컸다.

'다음 상대가 박영호가 아니라서 다행이군.'

아무튼 준비를 마친 이신은 그레모리를 찾아갔다.

"모든 준비가 끝났습니다."

"더 시간이 필요하지는 않고요?"

"예, 이제 충분합니다."

"하긴, 카이저는 준비가 과하면 과했지 소홀한 적은 없었으니 까요."

그녀는 활짝 웃어 보이며 말을 이었다.

"그래도 이왕 오신 김에 가끔은 하루라도 여유를 즐기세요. 마 계에 머무는 게 싫으신 건가요?"

"아뇨, 현실에서 해야 할 일이 워낙 많아서 그렇습니다. 여유 는 일단 서열전이 끝나고 즐기든 하겠습니다."

"좋아요. 이번에 승리하면 축하 연회라도 열어야겠네요."

"번잡한 건 싫습니다."

기호가 매우 뚜렷한 이신.

그러자 그레모리는 장난스럽게 눈웃음을 지으며 말한다.

"어머, 그래요? 역시 저와 오붓하게 즐기는 편이 더 좋죠?"

그렇게 이신을 당황시키고는 이를 즐기는 그녀였다.

다음 날, 그레모리는 이신 및 사도들과 함께 악마군주 아미를 찾아갔다.

화르르르—

사방에서 불길이 타오르는 소리가 들린다.

이신과 함께 온 사도들은 안색이 창백하게 질려서는 두려움에 떨었다.

"왜들 그러지?"

이신이 의아해져서 물었다.

그러자 이존효가 치를 떨며 답한다.

"지옥과 비슷한 풍경입니다, 주군."

"이곳이?"

"예, 저 시커먼 불꽃은 잊을 수가 없지요. 정말 끔찍한 곳이군요."

악마군주 아미의 영지는 그야말로 지옥의 확장판과 같았다.

불길 속에서 고통받는 죄수만 없을 뿐이었다.

사방에 불길이 가득한데 밝지는 않고 도리어 어두컴컴한 것이 더욱 음산했다.

'악취미군.'

악마군주들의 기호를 인간의 관점으로 평가 내릴 수는 없지만, 새삼 그레모리의 취향이 얼마나 고상하고 우아한 것인지 알 수 있었다.

'그레모리와 계약해서 다행이군.'

불타는 대지에 수많은 악마가 득시글거렸다.

그들은 마치 부랑자 떼처럼 지옥과 같은 이곳을 배회했다.

그런데 바로 그때였다.

"왔나……."

음울한 중저음의 목소리가 울려 퍼졌다.

나직하지만 묘하게 귀를 자극해서 뇌리에 또렷하게 각인되는 그런 목소리였다.

척 들어도 목소리의 주인이 심상치 않은 존재라는 것을 알 수 있었다.

아니나 다를까.

나타난 존재는 악마군주 아미.

온몸이 불꽃에 휩싸인 사내의 형상을 한 악마군주 아미는 한 손은 창을 다른 손은 사람의 잘린 머리를 들고 있었다.

이신은 눈살을 찌푸렸다.

사도들은 더 끔찍한 광경을 많이 봤던 터라 별반 반응이 없었다. 그보다는 지옥을 연상케 하는 이곳이 더 싫은 눈치였다.

"용건은 도전일 테고… 그쪽이 그 소문의 계약자인가……."

목소리만큼이나 음울한 눈동자가 이신을 응시한다.

눈이 마주친 순간 덜컥 가슴이 내려앉는 듯한 기분이 들었지만, 다른 악마군주를 봤을 때처럼 압박감이 들지는 않았다.

"그렇다. 긴 말을 할 필요는 없겠지?"

"그래…… . 내 계약자도 오는군."

악마군주 아미의 시선을 따라, 이신도 절로 그쪽을 바라보게 되었다.

두 남자가 걸어오고 있었다.

한 명은 고대 중국 시절의 문사 복장을 했다.

그리고 다른 한 명은 반대로 갑옷으로 무장한 채 당당히 걷고 있었는데, 이신이 본 누구보다도 체격이 컸다.

"저자가 그 항우로군요."

"역발산기개세라는!"

이존효와 서영이 항우의 등장에 깊은 관심을 보였다.

무장인 데다가 살아생전에 귀 따갑게 항우의 명성을 들었던 두 사람은 호승심이 생기는 모양이었다.

옛날부터 용맹이 뛰어난 무장을 묘사할 때는 늘 항우와 같다고 표현하지 않던가.

중국 역사를 통틀어 가장 강력했다고 평가하기를 누구도 주저하지 않는 사상 최고의 맹장, 항우는 그렇게 이신의 눈앞에 나타났다.

"네가 이신이냐?"

항우는 대뜸 이신에게 다가와 눈을 부라리며 물었다.

"그렇다."

이신은 유명한 역사상의 인물과 마주하자 유심히 관찰했다.

매번 느끼는 것이지만 글로만 본 역사상의 영웅을 실제로 볼 수 있다는 것은 참 신기한 일이었다.

이런 기분은 계약자가 되고서 역사에 관심을 두면서 더욱 강해졌다.

역사상의 인물을 직접 만나 인터뷰라도 하고 싶은 역사학자가 얼마나 많겠는가?

특히나 여러 가지로 흥미를 많이 받는 항우 같은 유명인사는 마니아가 한두 명이 아닐 터였다.

"너도 군인이었다고?"

"그렇다."

군복무를 할 때 총보다 마우스를 더 많이 잡았지만, 마계에서는 늘 군인이라고 자신을 소개하는 이신이었다.

프로게이머라고 소개하면 설명이 길어지기 때문.

항우는 이신을 유심히 살피다가 고개를 갸웃거렸다.

"통 이해가 안 되는데. 어떻게 이렇게 비리비리한 놈이 군인일 수가 있는 거지?"

"힘자랑으로 전쟁하는 시대는 지난 지 오래니까."

그 말에 항우의 표정이 험악해졌다.

"한 주먹거리도 안 되는 놈이."

그때, 이존효가 항우의 앞을 가로막고 눈빛을 번뜩였다.

"우리 주군께 무례를 끼치지 마라."

"이건 또 뭐 하는 버러지야?"

"그 말은 전장에서 그대로 돌려주마."

"네놈, 날 만나거든 반드시 달아나지 말고 한판 붙자. 주둥이만 살았는지 내가 직접 확인해 주마."

"명성만큼 하는지 허풍이었는지 확인해 주마."

당대에 적수가 없기로는 마찬가지였던 이존효는 항우에게 전혀 기죽지 않았다.

그렇게 무장들이 유치한 신경전을 벌이는 동안, 이신의 관심은 어느새 항우가 함께 데려온 문사 사내를 향해 있었다.

마른 체격에 날카로운 눈매.

차가운 인상을 가진 젊은 사내는 이신과 마주하자 잠시 보더니 스윽 눈길을 돌린다.

생김새에 그런 무심한 태도까지 더해지니 척 보기에도 성격이 까칠하다는 것을 알 수 있었다. 이신 자신도 보통 타인에게 그러하니 말이다.

'누구지?'

정황상 저 사내가 항우의 참모일 것은 불 보듯 뻔한 일이었다.

게다가 옷차림으로 보아서는 오자서의 추측이 상당 부분 맞아떨어졌다는 것을 알 수 있었다.

사내가 입고 있는 하얀 옷은 오자서도 가끔씩 입는 복장이었다.

심의(深衣)라는 중국 전통 복식인데, 주로 춘추전국시대 때의 대표적인 복식이며, 진한(秦漢) 시대까지 두루 입었다고 책에서 본 적이 있었다.

"내게 볼일이라도 있나?"

사내가 물었다.

"당신이 항우의 참모로군."

"그렇다면?"

"누군지 궁금해서. 오자서의 예측이 얼마나 맞았는지도 확인해보고 싶고."

이신은 일부러 오자서의 이야기를 꺼냈다.

일단 오자서의 이름을 아는지 모르는지부터 확인하고자 함이었다.

이에 따라 오자서보다 이전의 사람인지 이후의 사람인지가 판명되는 것이다.

그리고 사내의 관심을 끌어서 입을 열게 하려는 목적도 있었다.

예상대로 사내가 흥미를 보였다.

"오자서가? 그가 뭐라고 추측하든가?"

"이름을 알려준다면 나도 말해주지."

그러자 사내는 피식 웃었다.

"그게 무에 어려운 일이라고. 특별히 비밀로 해야 하는 것도 아니니 가르쳐 주지."

그리고 사내의 정체가 밝혀졌다.

"나는 진나라 사람으로 이사라고 한다."

"이사? 진시황의?"

"그래, 시황제 전하의 책사였다."

이신은 신기한 눈길로 이사를 바라보았다.

이사(李斯).

본래 초나라 사람으로, 야망을 위해 대국인 진나라로 와 벼슬
길에 올랐다.

진시황의 눈에 들어 요직에 오르고서는 법가사상에 입각한
통치로 기득권 세력과 맞서 싸우며 나라의 부국강병에 힘썼고,
무엇보다도 원교근공 정책과 회유·뇌물·이간질·암살 등 수단
방법을 가리지 않고 책략을 내어 진나라의 통일에 크게 이바지
했다.

'확실히 항우도 이름을 듣지 않았을 리가 없는 책사로군.'

전쟁뿐만이 아니라 외교와 행정 등 다방면에서 두루 활약한
이사는 확실히 항우가 고를 수 있는 최고의 참모였다.

'일단 어느 정도 이사가 성과를 보였기 때문에 항우가 계속 데
리고 있는 것이겠지?'

아량이 없고 아랫사람을 부림에 있어 속이 좁고 의심이 많았
다는 항우였다.

그런 그가 자신과 전혀 다른 문사 타입의 인재를 계속 곁에 두

고 있다면, 분명 이사가 서열전에 있어서도 항우에게 도움을 주었다는 뜻이었다.

그것은 아마도 빌드 오더 최적화.

수학적인 계산으로 최단시간에 목적 달성에 필요한 병력을 소환할 수 있는 빌드 오더를 짜는 일을 이사가 맡았을 가능성이 높았다.

우둔한 항우의 머리로는 그런 섬세한 계산이 나오지 않으니 말이다.

'그렇다면 적어도 조아생 뭐라보다는 체계적인 빌드 오더를 펼치겠군.'

전략도 항우가 그때그때 제멋대로 판단하기보다는, 특정한 목적을 가지고 움직일 가능성이 높았다.

적어도 참모를 장식으로 둔 게 아니라면 말이다.

'여러 차례 겨뤄야 할 테니 일단 첫 싸움을 승리로 가져오면서 저쪽의 스타일을 최대한 많이 파악하는 것이……'

그렇게 생각을 하고 있을 때였다.

악마군주 아미가 말했다.

"전장은 제12 전장 레틴으로 하면 되고… 마력은 5만씩 걸기로 하지……."

"5만?"

그레모리가 놀라 되물었다.

놀라기는 이신도 마찬가지였다.

흘깃 옆을 보니 이사가 항우와 함께 득의양양하게 웃고 있었
다.

"문제 될 것 있나?"

악마군주 아미가 대답을 재촉했다.

제8장

운영

"문제 될 것 있나?"

악마군주 아미가 대답을 재촉했다.

"의외군. 배팅이 센데?"

"자신이 있으니까… 두렵나?"

"그럴 리가."

그레모리는 흘깃 이신을 바라보았다. 이신은 고개를 끄덕였다.

하지만 이신은 항우와 이사를 의식하지 않을 수가 없었다.

'최대 배팅이라고?'

첫판에 끝장을 보겠다는 뜻인데, 그건 이길 자신이 있다는 뜻이 아닌가.

'무언가 준비한 게 있겠군.'

연전연승을 거듭한 이신을 상대로 최대 배팅이라니.

분명히 숨기고 있는 게 있을 터였다. 한 번 들키고 나면 효력이 줄어드는 비장의 카드 말이다.

"그럼 전장에서 보지……."

파앗!

악마군주 아미는 항우와 이사를 데리고 먼저 텔레포트했다.

"괜찮을까요?"

"특별히 준비한 게 있겠죠."

이신은 대수롭지 않게 말했다.

"승부를 앞두고 이기기 위해 나름의 준비를 하는 건 당연한 일입니다. 어차피 이겨야 하는 건 마찬가지인데 특별히 배팅이 세다고 달라지는 것은 없습니다."

"맞는 말이에요. 그럼 카이저만 믿을게요."

"예."

싸움은 이신의 몫.

그레모리는 믿고 지켜보는 것 외에는 할 수 있는 일이 없었다.

그레모리와 이신 일행도 제12 전장 레틴으로 이동했다.

제12 전장 레틴.

본진과 앞마당의 거리가 멀고, 전장은 전체적으로 드넓은 평지로 이루어진 구조였다.

즉, 오크창기병과 오크궁기병을 주력으로 높은 기동력을 가진 전술을 구사하는 오크에게 유리한 지형이라 할 수 있었다.

언덕이나 나무, 바위 같은 각종 엄폐물 등 방어에 이용할 수 있는 지형이 많지 않아서 휴먼에게는 불리했다.

'여기까지는 예상 범위 안이군.'

오크가 주 종족인 항우가 선택할 만한 합리적인 전장이었다.

일부러 불리한 전장을 골라서 이신을 유리하게 해줄 이유가 없다.

이런 기본적인 요소에 있어서는 의외의 선택으로 허를 찌르기보다는 정석을 따르는 게 좋았다.

[악마군주 그레모리님과 악마군주 아미님의 서열전입니다. 전쟁의 승패가 서열과 마력에 영향을 줍니다. 마력은 5만이 배팅됩니다.]

[마력 10만이 마력석이 되어 전장에 유포됩니다.]

제12 전장 레틴에서 양측이 서열전을 개시했다.

[종족을 선택해 주십시오.]

"오크."

"휴먼."

항우와 이신이 동시에 대답했다.

항우는 이신을 보며 씨익 웃었는데, 이신은 달리 그에게 관심을 보이지 않았다.

사실 그보다 더 이신이 관심을 보이는 것은 뒤에서 가만히 서 있는 이사였다.

항우에게 무언가 숨기고 있는 비장의 카드가 있다면, 그 카드를 준비한 건 저 이사일 것이 분명했기 때문이다.

'어디 지켜보지.'

어차피 싸우는 중에는 이사가 개입할 수 없을 것이다.

그러니 싸움 중에 변수가 발생했을 때, 이에 대처하는 임기응변은 자신이 항우보다 몇 수는 위라고 자신할 수 있다.

[서열전이 시작됩니다.]

[악마군주 그레모리님의 계약자 이신님과 악마군주 아미님의 계약자 항우님께서 참전합니다.]

서열전이 시작되자 이신은 처음 주어진 노예 4명에게 마력석 채집을 시켰다.

노예를 계속 생산하며 마력석 채집량을 늘렸고, 병영을 짓고 정찰을 보냈다.

이신의 위치는 1시.

그리고 항우의 진영은 콜럼버스가 5시를 거쳐 7시 지역을 정찰했을 때 발견했다.

'대각선이군.'

1시와 7시.

위치가 대각이라 서로 간의 거리가 가장 멀었다.

이신으로서는 희소식이었다.

서로 거리가 멀기 때문에 초반에 기습적인 공세는 없을 터였다.

설사 있다 해도 사전에 정찰로 알아차리기만 한다면 적 병력이 오는 도중에 이미 대비를 다 해놓을 수 있었다.

'계속 적 내부 진지를 정찰해라.'

"옛!"

콜럼버스에게 정탐을 지시하고, 이신은 보다 과감한 판단을 내렸다.

병영 1개 건설 후 앞마당에 마력석 채집장을 구축하기 시작한 것.

본진과 앞마당의 거리가 약간 떨어져 있기 때문에 방어하기에 불리했지만, 서로 거리가 멀기 때문에 초반에는 공격해 오지 않을 거라고 확신했다.

이신이 믿고 있는 구석 중 하나는 바로 콜럼버스.

항우가 특별한 동향을 보이면 콜럼버스의 정찰을 피해갈 수 없었다.

항우는 정찰이 느린 편이었다.

뒤늦게 오크노예를 보내 정찰을 시도했다.

이신은 병영에서 소환된 궁병을 전진 배치했다가 오크노예가 접근하자 즉각 응징했다.

쉭― 콰악!

"취익!"

"좋았어! 다리 맞았다!"

로빈 후드가 쾌재를 부르며 계속해서 활을 쐈다.

비록 로빈 후드를 사칭한 도적에 불과했지만, 확실히 활 솜씨는 제법이었다.

로빈 후드는 왼쪽 발목에 화살을 맞아 절뚝거리는 오크노예를 쫓아가 목을 맞혀 확인 사살했다.

'확실히 아깝긴 하군.'

공적을 거둔 로빈 후드를 보며 이신은 내심 생각했다.

보다 활솜씨로 유명한 영웅이었다면 사도로 삼았을지도 모른다.

휴먼이 가장 먼저 소환할 수 있는 전투 병과인 궁병 중에 사도가 있으면 그만큼 초반에 더욱 안전해지기 때문.

하지만 오리지널 로빈 후드도 아니고 그냥 도적 두목에 불과하니 5인밖에 안 되는 사도의 하나로 삼기가 애매했다.

'여포나 이광 정도 되는 신궁이었다면 고민도 안 했겠지만.'

어쨌거나 출발은 좋았다.

일단 항우의 정찰로부터 앞마당에 마력석 채집장을 구축한다는 사실을 들키지 않았다.

콜럼버스가 항우의 진영을 속속히 볼 수 있는 점이 가장 컸다.

항우는 오크전사 한 명 안 소환하고 곧장 오크창기병을 소환하기 위한 테크 트리를 올리고 있었다.

기마군단을 조직하고서 싸움을 시작하겠다는 의도가 매우 뚜렷해 보였다.

'그렇다면 나도 좀 더 부유하게 운영을 해야겠군.'

병영은 1개에서 더 늘려 짓지 않았다.

물론 궁병은 꾸준히 뽑고 대장간도 지어서 석궁병으로 업그레이드할 준비는 했지만, 그 외에는 마력을 확보하고 테크 트리를 올리는 데 힘썼다.

앞마당의 마력석 채집장이 돌아가기 시작하면서 이신에게 모여드는 마력량이 풍부해졌다.

이신은 특수 병영을 짓고 투석기를 뽑기 시작했다.

뿐만 아니라 마탑을 건설하여 마법사도 소환할 준비를 했다.

'지금쯤이면 괜찮겠군.'

이신은 적당히 타이밍을 봐가며 병영을 하나 더 늘려 지었다.

병영의 숫자가 많지 않았지만, 궁병은 꾸준히 소환해주고 있었다.

[대장간에서 무기 개발이 완료되었습니다.]

무기 개발 완료와 함께, 모아놓았던 궁병들이 일제히 석궁병으로 업그레이드되었다.

방패병과 창병도 적당히 늘려주면서 병력 구성에 심혈을 기울이는 이신.

결국 그가 생각하는 조합은 투석기와 마법사의 화력에 병영 병력이 보조를 하는 형태였다.

오크창기병과 오크궁기병의 조합을 꺼내들 게 분명한 항우.

이때 무서운 점은 바로 오크궁기병이었다.

말을 타고 빠르게 달리며 활을 쏘는 오크궁기병의 무서움과 전술적 가치는 칭기즈칸과 몽골 제국이 충분히 입증한 바 있었다.

이에 대항하는 가장 좋은 방법은 그보다 더 사거리가 긴 투석기와 한 방에 대량살상이 가능한 마법사였다.

병력의 조합이 갖춰지기 시작하니, 이신도 자신감이 붙었다.

휴먼이 조심해야 하는 시기는 지났다.

이제는 적의 침공을 받아도 격퇴할 수 있는 군사력이 있기 때문에 슬슬 바깥으로 진출해도 될 것 같았다.

그런데 한 가지 마음에 걸리는 게 있었다.

'항우가 전혀 움직임이 없군?'

마지막으로 정찰로 확인한 건, 오크창기병이 처음 소환되었을 때였다.

오크창기병이 소환되는 것을 보자마자 콜럼버스는 즉시 달아나야 했다.

계속 머물다간 말을 타고 뒤쫓는 오크창기병에게 사살당할 수 있으니 말이다.

이신의 계획상 콜럼버스는 끝까지 살려두어야 했다.

그럼 항우의 성격에 오크창기병이 서너기 정도 모였을 때 한 번쯤 공격을 시도할 만도 했다.

일단 적의 동태도 살필 겸 한번 말을 타고 와볼 수는 있는 게 아닌가?

그런데 상대가 항우라고는 믿을 수 없을 정도로 적은 별달리 공격을 시도하지 않고 얌전했다.

다만 항우의 진영을 정찰하기도 용이하지가 않았다.

'경계가 삼엄하군.'

정찰의 달인인 콜럼버스로도 더 이상 적진을 살피기가 어려웠다.

오크창기병 2기와 오크궁기병 1기로 짝지어진 순찰조가 꾸준 히 돌아다니며 염탐을 차단하고 있었기 때문.

'저게 항우가 맞나?'

삼엄한 경계.

지금껏 공격 시도 없이 잠잠한 행보.

그리고 그러한 태도에서 은연중에 풍겨 오는 용의주도함.

패왕이라 불린 항우였다면 저렇게 얌전할 리가 없었다.

적의 방어가 얼마나 삼엄하든 깨부수겠다고 달려들 법도 하 지 않은가?

'곤란하군.'

적이 무얼 하는지 알 수 없고, 정찰도 불가능하니 좋은 징조가 아니었다.

차라리 이쪽에서 먼저 공격을 시도해볼까 하는 생각이 들기도 했다.

하지만 적을 모르는데 무작정 병력을 움직이는 것은 무모한 행위였다.

어쩌면 지금쯤 항우가 마력을 쥐어짜서 잔뜩 모아놓은 기마군단이 출격할 때만을 기다리고 있는지도 몰랐다.

'일단은 내가 먼저 움직이는 수밖에 도리가 없군.'

이신은 예정대로 진출을 하기로 했다.

가까운 3시 지역에 마력석 채집장을 추가로 구축하는 것.

이신이 3시를 가져간 순간, 항우도 이에 반응을 할 것이다.

지금껏 병력을 모으며 총공격을 준비하고 있었다면 공격해올 게 분명했다.

그럼 이신도 지금껏 준비한 병력으로 맞서 싸워 지키면 그만이었다.

'전 병력 전진. 노예 2명은 3시에 사령부와 참호를 건설한다.'

이신의 명령이 떨어졌다.

"진격! 적이 언제 나타날지 모른다. 방심하지 마라!"

이존효가 앞장서서 석궁병·장창병·방패병을 통솔했다.

뿐만 아니라 사도 오귀스트 마르몽 역시 투석기를 끌고 다니는 공병들을 지휘했다.

"너는 저쪽! 너는 이쪽에서 투석기를 조립!"

방어의 핵심은 투석기의 위치.

오귀스트 마르몽은 포병대 지휘의 대가답게 투석기들을 절묘하게 배치했다.

1시 본진과 3시 마력석 채집장을 모두 지킬 수 있는 방어선을 완벽하게 구축한 것이다.

이존효가 병영 병력을 이끌고 다니며 투석기들을 보호했고, 중간중간 마법사들도 섞여 있어 언제든 마법을 펼칠 수 있도록 준비했다.

'참호 2개를 더 건설한다.'

지형이 방어에 용이하지 않았기 때문에 이신은 방어 시설을 따로 건설해야 했다.

그렇게 해서 언제든 적의 침공을 막을 수 있는 방어선이 완성되었다.

게다가 3시 마력석 채집장이 완전히 구축되어서 노예들이 붙어서 마력 채집을 시작했다.

더 많은 마력량이 공급되기 시작했음은 물론이었다.

항우는 여전히 반응이 없었다.

'계산상 지금이 가장 공격하기 좋은 타이밍인데?'

이신의 계산상으로는 오크의 기마군단이 최고조로 힘을 발휘할 수 있는 때가 바로 지금쯤이었다.

이보다 더 시간이 지나면 휴먼이 강성해져서 더 이상 오크창기병과 오크궁기병으로 방어를 쉽사리 뚫을 수 없는 상태가 되는 것이었다.

항우라면 모를까, 참모인 이사라면 분명히 이를 알 터.

'일단 정찰이 더 필요할 것 같군. 어쩔 수 없나.'

이신은 하는 수 없이 그리핀 목장을 건설했다.

그리핀을 한두 마리 정도 소환해서 정찰에 쓸 생각이었다.

그리핀을 주력으로 쓸 게 아니기 때문에 이쪽으로 테크 트리를 탄 것이 마력 낭비가 되는 셈이었다.

하지만 이신은 앞으로도 지속적으로 적진을 정찰하기 위해서는 이 정도 투자는 감수할 수 있었다.

[그리핀 목장에서 그리핀이 소환되었습니다.]

[그리핀 목장에서 '조종' 기술 개발이 완료되었습니다.]

이신은 그리핀에 석궁병 2명을 태워 정찰을 보냈다.

항우 진영의 삼엄한 경계를 뚫고 비행하며 마침내 정찰에 성공했다.

'……?!'

이신은 흠칫 놀랐다.

항우는 벌써 3번째 확장 기지를 가져간 상태였다.

본진까지 총 4군데서 마력을 채집하는 것.

'이 시간에 확장을 저렇게까지?'

그렇다면 병력은 간신히 방어할 수 있을 정도로 최소한만 모으고, 나머지 여력을 확장에 투자했다는 뜻이었다.

그랬다.

항우는 놀랍게도 이신을 상대로 장기전, 즉 운영 대결을 펼치려 하는 것이었다.

＊　　　　＊　　　　＊

"놈이 기어 나왔는데 한 번쯤은 공격을 해도 괜찮지 않나?"

그렇게 묻는 항우는 싸우고 싶어서 몸이 근질근질한 기색이 역력했다.

"안 됩니다."

누군가가 옆에서 냉정한 목소리로 반대했다.

"우습게 볼 수 있는 상대가 아닙니다. 철두철미하게 준비하고 나온 겁니다."

"아직 자리를 덜 잡았을 때 한번에 들이치고 빠지면 어느 정도 이득을 볼 수 있을 텐데."

"큰 득은 보지 못합니다. 그 정도 득을 보자고 현재 우리의 병력 규모를 보여주는 게 더 손해입니다."

냉정하고 차분한 목소리로 조언이 이어진다.

"병력 규모를 본 순간, 상대는 우리가 병력보다 세(勢)를 확장시키는 데 주력하고 있다는 사실을 곧바로 알아차립니다. 최대한 우리 의도를 모르게 한 채 운영을 해나가야지요. 싸울 기회는 얼마든지 있습니다."

"쳇, 할 수 없군."

조언에 따라, 항우는 싸우지 않고 마력석 채집장을 늘려 짓는 데 골몰했다.

그 결과 이신보다 마력석 채집장이 하나 더 많게 되었다.

그게 얼마나 큰 마력량의 차이로 이어지는지는 우둔한 항우 조차도 경험으로 알았다.

"그런데 우리 병력이 너무 없는데?"

"이보다 더 필요하지는 않습니다."

"녀석이 알면 바로 쳐들어온단 말이다!"

항우의 목소리가 커졌다. 아무래도 원하는 대로 싸우러 나가지 못하고 참고 있어야 하니 짜증이 난 모양이었다.

조언자는 한숨을 쉬고는 설명했다.

"병력은 적이 더 많지만, 저쪽은 기동성에서 큰 단점이 있습니다. 이동 중에는 투석기가 공격을 할 수 없고, 조립과 분해에 시간이 걸립니다."

"……."

"적이 진군해 오면 이쪽은 적지만 더 빠른 기병대로 치고 빠지며 시간을 지연시키고 적에게 피해를 누적시키면 됩니다. 하물며 지휘하는 분이 다름 아닌 항우 님이시니 적도 이를 두려워하여 경거망동 못 할 것입니다."

"홍, 내 명성을 들어봤으니 저놈이라고 두려워하지 않을 리가 없지."

칭찬에 다시 기분이 좋아진 단순한 항우였다.

'나날이 통제하기가 어려워지는군.'

속으로 푸념하는 그 조언자의 정체는 바로 이사.

놀랍게도 이사는 서열전 중에 전장에 소환되어서 항우의 곁에서 조언을 하고 있었다.

현재, 삼엄한 경계로 적의 정찰을 차단하고 장기전을 구상한 운영은 사실상 이사가 하고 있다고 봐도 무방했다.

그러니 이신이 혼란을 느끼는 건 당연했다.

지금까지 이신이 상대한 적은 항우가 아니라 이사였으니까 말이다.

하지만 항우를 보필하는 일은 생각보다 쉽지 않았다.

결국 명령을 내려야 하는 사람은 항우였다.

이사가 옆에서 말하는 그대로 항우가 잠자코 따라준다면 망사형통이었다.

하지만 다름 아닌 항우였다. 그렇게 고분고분할 인간이 아닌 것이다.

'간신히 신뢰를 얻었지만 성난 황소 같은 이자를 길들이기란 정말 요원한 일이구나.'

평생을 진시황을 보필하며 일인지하 만인지상의 권세를 누린 이사.

치열한 전국(戰國)과 음험한 정계의 아귀다툼 속에서 살아온 이사였으니, 항우의 품성을 한눈에 파악할 수 있었다.

'만약에 내 덕분에 앞으로 승리를 거듭하게 되면, 오히려 교만해져서 더욱 내 말을 듣지 않게 될 것이다.'

진시황이 죽고서 이사는 간신 조고의 꾐에 놀아나 암군 호해를 다음 황제로 옹립시켰다.

그리고 암군을 황제로 만든 대가를 톡톡히 치렀다.

진시황 같은 불세출의 영웅을 보필하다가 그런 형편없는 황제에게 당하고 나니, 자연히 교훈을 체득하여서 항우가 군주로서 얼마나 형편없는지가 눈에 훤히 보이게 되는 것이었다.

'일개 장수로서는 대단하지만 군주로서는 최악이구나.'

만약 지게 되면 책사인 자신을 탓한다.

하지만 이겨도 더욱 교만해져서 결국 자기 멋대로 하려는 성향이 강해지리라.

그러다 크게 쓴맛을 보고 나면 그제야 다시 반성하고 책사의 말에 귀 기울이려 할 테지만, 버릇이란 게 그리 쉽게 고쳐지는 게 아니었다.

곧 죽어도 자신의 나쁜 습관은 끝내 못 고치는 게 인간.

이미 인심(人心)을 잃은 탓에 전투에 나설 때마다 대부분 이겨놓고도 천하를 놓치고 만 항우라고 했다.

그런데 그런 실패를 겪어놓고도, 지금 보니 반성의 기색이 전혀 없었다.

천하를 놓친 것이 자기 잘못이 아니라고 생각하는 모양이었다.

항우의 용맹과 자신의 지모가 합쳐지면 능히 범에게 날개가 달린 형세라고 생각했지만, 역시나 사람 일은 그리 쉬운 법이 없었다.

그래도 이사는 책사로서의 자신의 책무를 다하는 수밖에 도리가 없었다.

어쨌거나 자신을 필요로 하여서 불러준 사람이 아닌가.

"왜 이렇게 건물은 많이 짓는 거야? 병력은 소환하지 않고 있으면서!"

한동안 말을 잘 따르던 항우가 또다시 딴죽을 걸었다.

이사는 한숨을 쉬며 말했다.

"지금껏 비축한 마력을 한번에 쏟아부어야 하는 때가 생길 겁니다. 그때까지는 참으셔야 합니다."

"그런가?"

항우는 여전히 수긍한 기색은 아니었다.

'말 좀 들어라 정말. 곧 있으면 원하는 대로 실컷 싸우게 해줄 테니까.'

그래도 항우가 이사에게 투자한 마력이 1,300이었다.

이사를 사도로 등용하면서 300마력.

그리고 이사에게 능력을 부여하기 위해서 1,000마력을 또 소모했다.

그렇게 해서 생긴 능력은 바로,

[종족 변환: 엘프, 오크, 드워프, 마물 등으로 변신할 수 있습니다. 변신은 24시간 동안 지속됩니다.]

그랬다.

오크를 고른 항우의 서열전에 이사가 소환될 수 있었던 이유.

그것은 바로 하루 동안 종족을 바꿀 수 있는 이사의 능력 덕분!

이사는 현재 오크로 변신하여서 항우를 보필하는 중이었다.

두 사람에게 꼭 필요했던 능력이 부여된 셈이었다.

덕분에 이사의 운영과 항우의 용맹이라는 적절한 조화가 발휘되고 있는 것이었다.

"현재 국면은 우리에게 유리합니다. 이대로 시간이 흐르면 흐를수록 더 우리에게 득이 될 겁니다."

"그런가? 어째서이지?"

"우리는 적보다 더 많은 마력을 확보하고 있고, 적은 아직 우리의 동태를 몰라 섣불리 움직이지 못하고 있잖습니까."

"흐음, 그렇군."

그 말은 알아먹었는지 고개를 끄덕이는 항우.

지금까지는 순조로웠다.

그런데 이신도 가만히 있지는 않았다.

"카악―!"

긴 울음소리와 함께 북쪽 창공에서 그리핀 한 마리가 나타났다.

석궁병 2명을 태운 그리핀이 비행하면서 항우의 진영을 쭉 훑고 있었다.

"저놈을 잡아라!"

항우가 버럭 소리쳤다.

오크궁기병들이 말을 타고 달리며 그리핀에게 화살을 쐈다.

그러나 그리핀은 무리하지 않고 곧장 멀리 달아나 버렸다.

"이제 적도 우리의 의도를 알게 되었습니다."

"그럼 공격해 오는 건가?"

"그건 지켜보면 알겠지요. 우리도 정찰을 더 강화해서 적의 동태를 주시해야겠습니다."

"알았다."

항우는 오크창기병 몇 명을 풀어서 이신의 영향권에 들어가 정찰하도록 지시했다.

변변한 전투 한 번 없었지만, 양측의 긴장감은 점점 고조되고 있었다.

무식한 항우만 모를 뿐, 현재 이신과 이사의 신경전은 앞으로 점점 치열해질 전망이었다.

'그리핀을 이제야 정찰에 동원했다는 것은, 정찰을 하기 위해서 쓸 계획이 없었던 그리핀을 소환했다는 뜻이다.'

이사는 냉정하게 이신의 심리를 추측했다.

그리핀을 주력 병력으로 삼았다면, 진즉에 그리핀으로 정찰을 시도했을 것이다.

이제야 그리핀이 날아와 정찰을 했다는 건, 처음부터 준비한 전략은 그리핀이 아니라는 뜻.

즉, 발 빠른 기마군단을 자랑하는 오크를 상대로, 더 빠른 그리핀 부대로 기동전을 하기보다는 투석기 등으로 방어적인 형태로 장기전을 펼치겠다는 의도가 강했다.

'기사도 없었다.'

지금껏 여러 차례 정찰을 시도했다가 삼엄한 경계에 발각된 이신.

그 정찰 시도에 기사가 동원되지는 않았다.

기사가 있었다면, 당연히 말을 타고 빨리 달릴 수 있는 기사를 정찰로 쓰는 게 맞다.

즉, 그리핀도 기사도 없다.

오크의 기동력에 속도로서 대항할 수 있는 수단이 없다는 것은, 정말 철저하게 방어적이라는 뜻이었다.

'성질 급한 항우를 상대하니 장기전을 준비한 것이 당연하겠지.'

여기까지는 모두 예상대로였다.

이사는 미소를 지었다.

'하지만 상대는 나다. 항우처럼 성질 급하고 계산에 어두운 사람이 아니란 뜻이다. 이 이사가 너의 솜씨를 봐주마.'

상대가 이사라는 걸 알았다면 이신은 이처럼 가만히 있지는 않았으리라.

하지만 이사에게 종족 변환 능력이 있다는 사실을 그가 알 리가 없었다.

그렇기 때문에 항우와 이사는 첫판에 마력 5만을 배팅해 버린 것이다.

*   *   *

'이것도 이사가 사전에 계획한 전략이라고?'

그리핀으로 항우의 진영을 쭉 정찰해 본 이신은 놀라지 않을 수가 없었다.

소위 말해 부유한 운영.

속된 말로 배 째라는 식으로 자원 확보에 몰두한 모습이었다.

그러면서도 오크창기병 2기와 오크궁기병 1기씩 조를 편성해 주기적으로 진영을 돌며 적 정찰을 차단한 용의주도함이 빛을 발하였다.

물론 그 정도까지는 사전에 이사가 짠 전략을 그대로 실행한다면 항우라도 가능한 일이었다.

하지만 무엇보다도 저게 항우의 솜씨라고 믿을 수 없는 이유는 따로 있었다.

'병력 조합과 숫자가 아주 적절하다.'

상대를 쳐서 승리하기에는 부족하지만, 이신이 먼저 병력을 일으켜 공격해 올 경우 간신히 막을 수 있는 정도의 전력이었다.

전투 지휘를 하는 사람이 항우이니 더 큰 위력을 발휘할 것임은 물론이고 말이다.

절묘하게 최소한도의 병력 구성을 하면서 마력 확보에 주력하는 모습은 항우가 절대로 해낼 수 없는 일이었다.

이는 필히 상대를 봐가며 그때그때 판단하며 숫자와 구성을 조율해야 하기 때문이었다.

'나에게 기사와 그리핀이 없다는 걸 알아차리고 병력 규모를 더 줄였군.'

이신의 두뇌도 귀신같이 회전했다.

이신은 한 가지 판단밖에 내릴 수가 없었다.

'저쪽 진영에 이사가 있는 거다.'

어떤 특별한 능력을 부여받아서 인간의 몸으로도 소환될 수 있다던가 하는 상황도 충분히 예상해 볼 수 있었다.

그게 아니라면, 이사 외에도 항우의 사도 중에 똑똑한 오크가 있거나.

하지만 연습하면서 오크도 지휘해 본 이신은 그렇게 똑똑한 오크가 있다고는 상상할 수가 없었다.

지혜로운 오크는 있을 수 있지만, 저렇게 섬세하게 계산을 할 줄 아는 오크는 있을 수 없다고 생각했다.

그러기엔 오크는 너무 단순무식하고 인간과는 가치관 자체가 다른 종족이니 말이다.

항우의 곁에 이사가 있다는 것을 알아차린 이신.

이신은 항우와 이사라는 콤비에 대해 생각해 보았다.

'저 운영은 이사의 솜씨지만, 최고명령권자는 결국 항우다.'

옛날 유방과 천하 패권을 놓고 다툴 때도, 항우의 곁에 책사가 없었던 게 아니었다.

범증이라는 출중한 책사가 있었으나, 항우는 번번이 범증의 간언을 듣지 않았다. 오히려 유방 진영의 이간책에 휘말려 범증을 내치기까지 했다.

'사람 성격이 그리 쉽게 바뀔 리가 없지.'

비참하게 몰락했을 때, 패주하면서 항우가 했던 유명한 말이 있었다.

"나는 지금껏 한 번도 싸워서 진 적이 없이 천하를 제패했다. 그러나 오늘 내가 졸지에 이리 곤궁한 처지에 놓이게 되었다. 이것은 하늘이 나를 망하게 하려는 것이지 내가 싸움을 못해서 지은 죄가 아니다."

이건 절대 반성한 사람이 할 말이 아니었다.

'그래. 어디 한번 해보자, 이사.'

이신은 이런 식의 싸움도 아주 좋아했다.

*   *   *

이신은 그리핀을 추가로 소환했다.

그리핀이 총 4마리가 되자, 그리핀 하나는 이존효를 태우고 나머지 3마리는 석궁병을 2명씩 태웠다.

이신은 이존효에게 말했다.

"지금부터 아군 영역을 순찰하며 염탐하기 위해 침범한 적을 남김없이 추살해라."

"옛!"

"특별히 네가 실력을 발휘해 보아라."

"예?"

의아해하는 이존효에게 이신이 구체적으로 설명했다.

"네가 보란 듯이 실력 발휘를 해서 적을 자극하라고."

설명을 듣자 이존효는 기막히다는 듯이 손뼉을 쳤다.

"항우를 도발하는 것이군요! 알겠습니다, 그거라면 제게 맡겨 주십시오."

그 뒤로 이존효는 정말로 이신의 명령을 120% 수행했다.

"항우라는 우둔한 놈은 왜 안 나오는 것이냐?"

"적수가 없었다던 건 나와 같이 태어나지 않았기 때문이 아니냐!"

"항우, 이놈! 나와 붙자!"

이존효는 정찰을 하는 적 무리를 만날 때마다 그렇게 소리치며 항우를 자극했다.

그리핀에 탄 석궁병들이 가장 먼저 오크궁기병을 사살.

그리고 이존효가 그리핀을 타고 빠르게 하강하며 귀신같이 혼천절을 휘둘러 오크창기병 2기를 사살했다.

"하하하! 항우 녀석도 이 정도는 못 될 것이다!"

그렇듯 이존효의 도발이 계속해서 항우에게 전해졌다.

항우는 당연하게도 격분했다.

"저런 버러지 같은 놈이 뭐가 어쩌고 어째?!"

"진정하십시오. 적의 도발임이 뻔합니다."

"그래도!"

항우는 씩씩거렸다.

이존효라고 했던가? 하도 떠들어대는 바람에 그 이름이 항우의 기억에 인이 박혔다.

보아하니 저놈도 자기 시대에는 한가락 했던 놈 같았다.

저 이상하게 생긴 무기를 자유자재로 다루는 솜씨도 그렇고, 살아생전에 항우가 봤던 어떤 장수보다도 강했다.

하지만 자신만큼은 아니라고 자신 있게 말할 수가 있었다.

감히 이 초패왕 항우를 우습게보고 저런 도발을 해오다니?

생각 같아서는 당장에 아무 사도에게나 빙의해서 저놈을 피떡으로 만들고 싶었다.

하지만 옆에서 이사가 계속 뜯어 말렸다.

"나중에 실컷 싸우게 되실 겁니다. 지금 저자와 일기토를 벌이겠다고 정신 팔리면 그동안은 운영이 마비됩니다. 서열전은 촌각

(寸刻)을 다투는 싸움입니다. 잠깐이라도 낭비해서는 안 됩니다."

서열전에 있어서 시간의 중요성을 잘 이해하고 있는 이사였다.

"그래, 저렇게 뻔히 보이는 격장지계에 넘어가서야 내 체면만 상하지."

항우는 비로소 끓는 속을 가라앉혔다.

"잘 생각하셨습니다. 저런 일개 장수와 칼을 섞어봤자 항우 님 스스로를 격하(格下)시킬 따름입니다."

"그래도 정찰을 보낸 병력이 계속 놈들에게 당하는 건 어떻게 조치를 취해야 하지 않겠느냐!"

항우가 역정을 냈다.

도발로 인한 짜증이 엉뚱한 방향으로 터져 나왔다.

이사는 고개를 끄덕였다.

"가랑비에 옷 젖는 법이니 더 이상의 피해는 줄여야겠습니다."

그렇다고 적의 동향을 염탐하는 일을 중단할 수는 없는 법.

"보아하니 이신은 정찰 차단용으로 그리핀을 4마리까지만 소환한 듯합니다. 그렇다면 우리는 보다 많은 오크궁기병을 보내면 됩니다. 저 장수가 제법 용맹해도 화살을 쏴서 그리핀을 격추시키면 그만입니다."

"그렇군, 그럼 그렇게 하자."

그렇게 해서 오크궁기병을 10기씩 한 조로 짜서 적진에 보냈다.

이존효가 이끄는 그리핀 편대는 적을 발견했지만 숫자가 많아

덤비지 못하고 그냥 물러나야 했다.

그리핀은 오크궁기병의 화살 공격에 약했으니 말이다.

하지만 이런 상황까지도 이신은 내다보고 있었다.

이신은 특수병영에서 기사를 딱 2기만 소환했다.

말할 필요도 없이, 그 2기의 기사는 질 드 레와 서영이었다.

"질 드 레."

"예, 주군."

"네가 책임지고 저 병력을 잡아라."

"알겠습니다."

이신은 이 역할을 직접 챙기지 않고 질 드 레에게 일임했다.

질 드 레는 능력을 통해 이신과 똑같이 아군이 미치는 모든 시야를 볼 수 있는 데다가 병력을 20명까지 휘하에 넣어 수족처럼 마음대로 다룰 수 있기 때문이었다.

질 드 레는 이준효 일행과 서영, 그리고 석궁병 몇 명을 휘하에 포함시켰다.

그리핀 4마리, 이준효, 그리핀에 타고 있던 석궁병 6명, 서영, 그리고 따로 끌고 나선 석궁병 8명까지 총 20개체를 휘하에 넣은 질 드 레는 영역을 침범해 정찰을 하고 있는 오크궁기병 무리를 잡기 위해 출발했다.

"이준효! 적의 위치를 계속 파악해서 내게 알려다오."

"알겠다, 내게 맡겨라!"

멀리 떨어져 있었지만, 지휘 능력으로 인해 질 드 레와 원활한 소통이 가능했다.

이존효가 그리핀을 타고 다니며 오크궁기병 10기의 위치를 실시간으로 전달했다.

질 드 레는 나머지 병력을 끌고 오크궁기병 무리의 퇴로를 가로막았다.

이신의 진영을 정탐하기 위해 깊숙이 침투한 오크궁기병 무리는 점점 사지(死地)로 몰아넣어졌다.

그리고 마침내,

휙— 쿠우웅!

투석기가 쏜 바위가 오크궁기병 무리의 한복판에 떨어졌다.

"취이이익!"

"적이다!"

"투석기다!"

그것은 마르몽의 절묘한 작품이었다.

오크궁기병 무리의 이동을 육안으로 확인한 마르몽은 투석기 1기를 따로 빼서 전진 배치시킨 것이다.

투석 한 방에 오크궁기병 무리가 지리멸렬했고, 그 틈을 타서 질 드 레가 총공격을 했다.

"쳐라!"

지상에서 질 드 레와 서영이 돌격. 그리고 하늘에서 이존효가 돌진.

그리고 사방에서 석궁병들이 화살을 쐈다.

오크궁기병은 단숨에 전멸!

이신 측은 석궁병 2명이 사망한 것에 그쳤다.

그렇게 병력을 운용해 소소한 교전에서 계속 이득을 챙겨간 이신.

이에 항우는 격분했다.

"내가 직접 나서겠다!"

"안 됩니다!"

"우리가 또 당하지 않았느냐! 계속 연전연패를 하고 있는데 가만히 있으라고?"

"그깟 작은 싸움에서 이긴다고 전쟁에서 승자가 되는 것은 아닙니다!"

"뭐?"

"마력석 채집장이 하나 더 많은 우리가 더 유리한 상황입니다. 그깟 싸움 얼마든지 이기라고 하십시오. 그래봐야 유불리가 달라지는 건 아닙니다!"

항우는 부들부들 떨었다.

이사는 실수를 했다.

싸움에서 이긴다고 다 승자가 되는 것은 아니다.

그건 항우의 지난 인생을 비난하는 것과 같았기 때문이다.

이사에게 그런 의도는 없었지만, 범인이 제 발 저리다고 항우의 귀에는 그렇게 들릴 수밖에 없었다.

"네놈이 전쟁에 대해서 얼마나 잘 안다고!"

"그게 무슨 말씀이십니까?"

이사는 어이가 없어서 물었다.

산전수전 다 겪으며 진나라 통일에 기여한 이사에게 던질 질문이 아니었다.

싸움의 전문가는 항우지만, 국력과 외교의 조화가 이루어지는 전쟁의 구조에 대해서는 이사가 훨씬 전문가라고 자신할 수 있었다.

"저곳에 이신의 사도가 셋이나 있단 말이다! 그놈들을 처단한다면 네 숫자놀음으로는 3명이어도 실제로는 어마어마한 공적이다! 이신의 손발이 잘리는 것이나 다름없는데 어찌 불필요한 싸움이라 하느냐!"

"대저 저 사도 3명이 싸워주거나 한답니까? 항우 님과 마주하면 도망을 다니며 시간을 끌겠지요."

이사가 답답하다는 듯이 말했다.

"게다가 저 3명은 이신의 손발이 아닙니다. 이신이 펼치려는 전략의 요채에 저 3인은 별달리 큰 역할을 차지하지 않습니다. 저들은 그저 항우 님을 격분시키기 위해 동원했을 뿐입니다! 바로 이렇게 말입니다!"

"됐다!"

항우가 이사의 말을 잘랐다.

"딱 28명만 동원할 것이다! 내가 이 병력을 데리고 얼마나 잘 싸울 수 있나 보여주겠다."

자신감 넘치게 말하는 항우에게서 사나이의 기백이 넘쳤다.

장부의 기상이 너무 넘쳐서 이사는 하마터면 욕이 나올 뻔했다.

'또 저놈의 28명이냐!'

항우가 평소에 자랑스럽게 떠드는 소리가 있었다.

유방의 비겁한 계략에 당해 패주할 적에 항우에게 남겨진 병사라고는 28명뿐이었다.

그때 항우는 그들에게 그 유명한 말을 남기며 결전에 임한 것이다.

"하늘이 나를 망하게 하려는 것이지 내가 싸움을 못해서 지은 죄가 아니다."

"내 오늘 기필코 죽을 각오로 세 번 싸워 모두 이기고 너희를 위해 포위망을 풀며 적장의 목을 베어, 그 사실을 증명해 보이겠다!"

그러면서 항우는 정말로 적 5천여 기병과 싸워 이기고 포위망을 뚫어냈다고 한다.

한나라 장수 양희를 쫓아내고, 도위 한 명을 죽이고, 수십에서 수백여 명을 베었는데, 그렇게 포위를 뚫고 달아나는 데 성공하고 나니 28명 중 2명만 죽어 있었다고 하니 실로 하늘이 내린 신위라 할 수 있었다.

문제는……

'머릿수보다 돈이 더 중요하단 말이다!'

이사는 호통이라도 치고 싶었다.

하지만 자신의 처지를 생각해서라도 처세술을 쓰지 않을 수 없었다.

'여기서 항우를 뜯어말린다면 설령 이번 서열전에서 이긴다 해도 저자가 앙심을 품고 날 쫓아낼 것이다.'

아랫사람을 씀에 있어 속이 매우 좁은 항우의 성정이라면 충분히 그럴 만했다.

이사는 하는 수 없이 차선책을 택했다.

"그렇다면 무작정 적과 싸우려 하지는 마시고, 북서쪽과 남동쪽 방면을 살펴 적이 추가로 가져간 마력석 채집장이 있는지를 확인해 주십시오."

"알겠다."

항우는 오크창기병 13기와 오크궁기병 15기를 불러 모았다. 그리고 그중 사도의 몸에 빙의했다.

"이랴!"

항우가 박차를 가하며 호쾌하게 달리기 시작했다.

기마병들을 이끌고 달려 나가는 기상이 실로 흉흉했다.

이사는 한숨을 쉬었다.

'차라리 저놈이 내 부하였다면 얼마나 일이 편했을꼬.'

장수로서의 능력은 말할 필요도 없는 항우를 보며 아쉬움을 느낄 수밖에 없는 이사였다.

그리고 같은 시각.

이신은 질 드 레와 대화를 나누고 있었다.

"내가 보기에 항우는 아직 병력을 머릿수로 계산하는 것 같다."

"머릿수로 말입니까?"

"얼마의 마력을 들여서 소환할 수 있는 유닛이냐가 아니라, 그냥 머릿수 말이다."

"아……."

"그렇다면 머릿수 계산에서 항우를 즐겁게 해주는 싸움을 하면 되겠지. 내 말이 이해되나?"

이신의 물음에 질 드 레는 씨익 웃었다.

"아주 잘 이해했습니다. 제게 맡겨주십시오. 기필코 항우를 즐겁게 해서 싸움에 몰두하도록 만들겠습니다."

"맡기겠다."

이신은 질 드 레에게 병력의 지휘권을 맡겼다.

역시 말을 잘 알아듣는 질 드 레가 있으니 편했다.

병력을 끌고 나간 질 드 레는 항우와 부딪쳐 수차례 교전을 치렀다.

싸우고 후퇴하길 반복하며 적을 투석기 사정거리 안으로 유인하는 전법을 반복.

유인과 패주를 반복하며 피해가 많이 발생했지만, 얼마든지 다시 소환할 수 있는 값싼 석궁병에 불과했다.

반면 그보다 더 값비싼 항우의 기마군단도 피해가 속출했지만, 계속 싸웠다 하면 이기고 있어 항우의 기세는 점점 올라갔다.

숫자로 따지면 득이나 마력으로 환산하면 계속 손해를 보고 있다는 것을 항우는 잘 모르고 있었다.

'슬슬 때나 됐군.'

이신은 슬슬 항우에게 치명타를 입히기로 작정했다.

제9장

결판

이신은 슬슬 타이밍을 잡기 시작했다. 우선은 질 드 레에게 지시를 내렸다.

'한 번 더 항우를 깊이 끌어들여라.'

"추가 병력이 더 필요합니다."

'보내겠다.'

석궁병 10명, 장창병 5명, 방패병 5명을 추가로 보내주었다.

얼마든지 소모해도 되는 값싼 병력이었다.

질 드 레는 추가 병력을 인계받고는 군말 없이 싸움에 나섰다.

역시 질 드 레가 있으니 편했다.

싸움 하나까지 일일이 이신이 신경 쓸 필요가 없었다.

이신은 항우를 질 드 레에게 맡기고 항우의 진영에 전방위적인 타격을 가할 작전을 설계하기 시작했다.

항우에게 질문을 던지는 것이다.

'네 멀티태스킹은 과연 어느 정도일까?'

싸움이 시작됐다.

"이놈들! 잘 걸렸다!"

오크창기병에게 빙의된 항우가 껄껄 웃으며 앞장서서 뛰어들었다.

질 드 레도 이에 맞서 명령을 내린다.

"방패병과 장창병 앞으로. 석궁병은 항우 외의 다른 적병을 공격해라."

콰아앙!

항우와 방패병들의 충돌로 싸움이 시작되었다.

"으아악!"

"크윽!"

방패병들은 항우가 탄 군마와의 충돌에 뒤로 나가떨어졌다.

"찔러!"

"한번에 덤벼!"

장창병들이 일제히 장창을 찔러 넣었지만 항우가 한발 앞섰다.

콰지직!

장창병의 목을 날린 항우는 그대로 군마를 타고 계속 앞으로 돌진했다.

방패병과 장창병의 라인을 무너뜨리고 단독 돌파한 항우는 그대로 뒤에서 사격을 하는 석궁병들에게 달려들었다.

"이존효! 서영!"

질 드 레가 소리쳤다. 그러자,

"초패왕의 무위를 견식해 보겠다!"

서영이 말을 타고 달려들었고,

"나 이존효가 여기 있다!"

그리핀을 타고 급강하한 이존효가 혼천절을 휘둘렀다.

정면과 공중에서 이루어지는 합격!

항우는 반사적으로 고삐를 틀어쥐고 말머리를 돌렸다.

그러면서 상체를 옆으로 틀어서 공중에서 휘둘러지는 혼천절을 절묘하게 피하는 항우.

하지만 서영이 휘두른 창에 군마가 찔리고 말았다.

"히히히힝!"

엉덩이를 찔리는 바람에 주저앉아 버린 군마.

"이랴!"

윽박지르는 듯한 항우의 박차에 다시금 일어나는 군마였지만 연신 절뚝거리는 것이 계속 싸우기는 불가능해 보였다.

"느려 터져서는!"

항우는 인상을 썼다.

살아생전에 희대의 명마를 타고 싸운 항우에게 웬만한 군마가 성에 찰 리가 없었다.

"어딜 도망가느냐!"

이존효가 펄펄 날뛰며 다시금 쇄도해 온다.

항우는 혀를 찼다.

"하는 수 없나?"

이윽고,

[계약자 항우 님께서 고유 능력을 사용합니다. 채집한 마력 중 200이 소모됩니다.]

[계약자 항우 님의 패밀리어 오추마(烏騅馬)가 소환되었습니다.]

검은 털에 흰 털이 섞인 큼직한 덩치의 준마가 나타났다.

항우는 타던 말을 버리고 소환된 준마에 올라탔다.

그랬다.

이것이 바로 악마가 된 항우의 고유 능력.

바로 패밀리어였다.

그는 자신의 패밀리어로 살아생전에 타던 오추마를 얻은 것이었다.

"가자!"

오추마를 탄 항우는 박력부터가 달랐다.

그를 상대하는 이존효와 서영은 귀 따갑게 들었던 항우의 명성 그 자체의 모습과 맞닥뜨리게 되었다.

"무인으로서 영광이다!"

이존효가 그리핀을 타고 다시금 달려들었다.

설령 상대가 항우라도, 적을 앞에 두고 이존효가 겁먹어서야 말이 되지 않는다.

"차아아!"

"하앗!"

서로의 거리가 가까워지자 두 사람이 고함을 질렀다.

그 순간,

파아앗!

항우가 오추마와 함께 힘차게 점프했다.

마치 새처럼 솟구쳐 오르는 항우의 신형에 이존효는 깜짝 놀랐다.

'이 무슨! 한낱 말이……!'

계속 놀라고 있을 틈이 없었다.

그리핀을 탄 이존효보다 더 높은 곳까지 점프한 항우가 그대로 창을 내려친 것이었다.

항우와 오추마의 무게까지 모두 실린 혼신의 일격!

이존효는 반사적으로 혼천절을 가로로 세워서 막았다.

콰아아아앙!

천둥소리가 저러할까?

항우는 그대로 온 힘을 다해 찍어 눌렀다.

이존효도 양팔에 힘을 잔뜩 주어서 밀리지 않게 막았다.

그의 팔은 밀리지 않았다.

하지만 이존효와 그리핀이 통째로 힘에 밀려 땅으로 추락했다.

쿠당탕!

타고 있던 그리핀과 함께 통째로 땅바닥에 내동댕이쳐진 이존효.

이존효와 그리핀을 일격에 나가떨어지게 만든 항우의 일격은 모두에게 충격을 주었다.

'조아생 뭐라도 저 정도는 아니었는데.'

따로 작전 설계를 하고 있던 이신은 그 광경에 잠시 한눈을 팔 수밖에 없었다.

급히 서영이 덤비며 이존효를 보호했다. 하지만……

"크하압!!"

우렁찬 기합과 함께 창을 휘두르는 항우.

까아앙—!

"큭!"

서영 역시 타고 있던 말이 몇 걸음이나 밀려나는 수모를 겪었다.

중무장을 하고 있어 보다 중량이 많이 나가는 서영 쪽이 밀린 것!

이는 항우가 초인적인 완력뿐만이 아니라, 타격점 선정에서 보다 탁월했기 때문에 힘에서 서영이 밀려난 때문도 있었다.

무력의 차이가 단 일합(一合)에 드러난 셈이었다.

'콜럼버스를 투입하겠다.'

"예, 주군."

이신의 결정에 질 드 레는 살았다는 표정이 되었다.

항우를 묶어두려는 작전이 예상을 벗어난 무위 때문에 틀어질 뻔했기 때문이었다.

'힘도 저 정도면 확실히 멍청할 만도 하군.'

이신은 항우의 아둔함이 어느 정도 이해가 갔다.

어릴 적부터 힘으로 안 되는 게 없었을 터였다.

저렇게까지 타고 났으니, 신중하고 사려 깊을 필요가 없었던 것이다. 머리를 쓸 필요가 없을 정도로 강했으니까!

질 드 레는 현장 전투를 지휘하고 있어서 싸움에 끼지 못하는 형편.

섣불리 끼었다가 당해 버리기라도 하면 엄청난 손실이라는 것을 자각하고 있는 것이다.

그래서 투입한 것이 콜럼버스.

몸을 추스르고 다시 그리핀을 탄 채 맞서는 이존효와 이를 보필하는 서영.

역시나 맹장으로 명성을 떨쳤던 두 사람을 상대로, 항우는 치열하게 치고받으며 물 만난 물고기처럼 싸웠다.

일반적으로는 홀로 두 사람을 상대하는 일이니 불리할 수밖에 없었지만, 항우는 혼자가 아니었다.

"히히힝!"

오추마가 항우와 혼연일체가 되어 움직이며 주인이 싸우기 편하게 만들어주었다.

오추마가 지능적으로 움직여 주는 덕분에, 항우는 양방향에서 합공당하는 구도를 피했다.

서영의 공격을 오추마의 움직임으로 흘려버리면서, 이존효에게 집중적으로 공격을 퍼붓는다.

파파파파파팟!

이존효도 만만치 않게 빨리 움직이며 맞섰지만, 일격 일격에 담긴 완력에서 차이가 났다.

"크윽! 이놈이!"

싸워서 밀려본 적이 없는 이존효는 오기가 치밀어 더더욱 힘을 냈다.

그런데 그때, 살금살금 접근한 콜럼버스가 마비침을 쐈다.

풋— 티잉!

거의 동시에 벌어진 일이었다.

발사와 함께 날아든 마비침이 항우의 창에 튕겨 나간 것이 말이다.

"독침 같은 것이냐? 그딴 잔수작이 통할까 보냐?"

"와, 정말 징그러운 인간일세."

콜럼버스가 혀를 내둘렀다.

하지만 마비침을 튕겨낸 순간, 짧은 틈에 이존효와 서영이 더 거칠게 밀어붙였으므로 항우는 잠시 밀렸다.

하지만 오추마가 빠르게 속도를 내며 두 사람을 떨쳐 내버렸다.

잠시 물러나서 태세를 재정비한 항우가 다시 신이 나서 달려들었다.

"으하하하! 아무도 나를 당해낼 수 없다!"

"음, 동감."

콜럼버스는 저도 모르게 고개를 끄덕이며 동의했다.

"닥쳐!"

자존심 상한 이존효가 콜럼버스에게 버럭 소리치고는 성이 나서 다시 항우에게 덤벼든다.

또다시 세 무장이 어울려 엄청난 사투를 벌였는데, 콜럼버스는 항우의 주위를 얼씬거리며 신경 쓰이게 만듦으로써 싸움에 일조했다.

그러는 사이, 이신도 움직이기 시작했다.

공병이 제작한 열기구 3척이 비행을 시작한 것이다.

2척은 9시로, 1척은 반대 방면인 5시로 향했다.

전장 끝부분에 붙어서 조심스럽게 이동했기 때문에 들키지 않을 수 있었다.

9시 지역의 마력석 채집장에 열기구 2척이 나타났다.

1척은 오크노예들이 열심히 일하고 있는 마력석 군집지에 장창병 6기와 방패병 2기를 드롭했다.

그리고 또 다른 1척은 언덕 건너편에서 투석기 2척을 드롭했다.

"취이이익!"

"적이다!"

일하던 오크노예들이 장창병들에게 살육을 당했다.

9시 지역을 지키고 있던 오크창기병·오크궁기병 무리가 달려들었지만, 언덕 너머에서 투석기 2기가 발사한 바위에 정통으로 얻어맞았다.

퍼어엉! 콰앙!

"취익!"

"언덕 건너편이다!"

"바위!"

투석기 2척이 언덕 너머에서 지원 투석!

그리고 장창병과 방패병이 탄탄한 대형을 갖춘 채 휘저으며 9시 마력석 채집장을 마비시켰다.

그러는 한편, 또 다른 열기구는 5시의 마력석 채집장에 마법사 2명과 석궁병 4명을 드롭했다.

"파이어 스톰!"

"파이어 스톰!"

화르르르르륵—!!

"취이이익!"

"취익!"

화염 마법 세례에 오크노예들이 삽시간에 통구이가 되어 몰살당했다.

"침입자를 죽여라, 취익!"

그쪽 방면을 방어하고 있던 오크궁기병들이 부랴부랴 달려왔다.

'석궁병들은 싸워라. 마법사들은 열기구를 타고 후퇴.'

이신이 지시를 내렸다.

딸려 보낸 석궁병 4명의 역할을 바로 그것이었다.

석궁병들이 싸우며 시간을 벌어주는 동안, 마법사들은 열기구를 타고 탈출했다.

5시 : 오크노예 전멸. 마법사 2명과 열기구 1기가 무사히 탈출.

9시 : 오크노예 절반 사살. 언덕 너머의 투석기 2척이 계속된 투석으로 적 병력 다수 사살.

항우의 진영은 이신이 갑작스럽게 시도한 공습에 제대로 대응하지 못했다.

참모 이사가 있었음에도 제대로 방어하지 못한 데에는 이유가 있었다.

이사는 본진에 있었다.

그는 질 드 레처럼 아군이 미치는 모든 시야를 볼 수가 없었기 때문에 눈으로 확인할 수 없는 다른 지역의 상황을 알 수가 없었던 것이다.

게다가 전군을 총괄할 수 있는 항우는 싸움에 정신 팔려서 자기 진영에서 벌어진 일을 까맣게 모르는 상황!

항우가 싸우는 데 정신이 쏠린 틈을 타서 시도한 이신의 기습은 정확하게 먹혀들었다.

'게임으로 치자면 컨트롤에 정신 팔려서 다른 곳을 전혀 못 본 셈이지.'

이신은 견제 플레이가 성공을 거두자 만족감을 느꼈다.

이 한 번의 2방향 동시 드롭으로 인해 지금까지의 불리함을 한번에 만회하는 성과를 거두었다.

항우에게서 계속된 교전으로 야금야금 얻어낸 이득까지 계산하면 이미 형세가 역전되었다고 해도 과언이 아니었다.

'큰 성과를 거뒀군.'

적의 마력 수급에 차질을 준 것도 좋지만, 사실 진짜 성과는 따로 있었다.

항우의 멀티태스킹 능력을 확인한 것!

혹시나 이사가 자신의 사도인 질 드 레처럼 아군 진영의 모든 시야를 보고 명령을 내릴 수 있는 것인지 확인해 보고 싶었던 것이다.

기습에 대한 적의 대응이 신속하지 못한 걸 보니, 이사의 참모 역할도 한계가 있었다.

이사는 순전히 항우에게 간언을 하는 것 외에는 할 수 있는 역할이 없는 것이었다.

'그것만으로도 형세를 이 정도까지 유리하게 운영을 해내다니, 대단하군.'

항우가 말을 잘 들어서 시키는 대로 척척 했다면 모를까.

항우가 멋대로 뛰쳐나와 싸움에 정신 팔린 것만 봐도, 이사의 말에 별로 귀 기울이려 하지 않는 항우의 성정을 알 수 있었다.

'저런 놈의 신임을 얻어 참모가 된 것만 봐도 이사가 대단하다는 걸 알겠군.'

항우를 어르고 달래느라 고생하는 이사의 모습이 눈에 보일 듯했다.

아무튼 적에게 대미지를 입혀 형세가 어느 정도 역전되었으니 이제 남은 일은 하나뿐이었다.

'걸어 잠그고 방어만 한다!'

전장을 절반씩 나눠 가진 국면.

이신은 틀어박혀 방어하며 후반을 바라보는 장기전을 택했다.

*   *   *

싸움을 마치고 돌아온 항우는 피해 상황을 보고 할 말을 잃었다.

"오크 노예가 총 20명 넘게 죽었단 말입니까?"

"…그렇더군."

항우의 대답이 절로 작아졌다.

거봐라.

내가 나가서 싸우지 말라고 하지 않았나.

아무리 싸우고 있는 도중이라도 그렇지, 거기 정신 팔려서 기습 공격에 대응하지 않고 방치하면 어떡하나.

할 말이 너무 많았지만 이사는 꾹 참았다. 이미 물을 엎질러 졌는데 이제 와서 항우를 질책한다고 달라질 게 없는 것이었다.

"피해가 너무 큽니다. 일단은 다른 곳에서 일하는 오크 노예를 조금씩 각출해 피해 지역에 투입해야 합니다."

"알겠다."

항우는 시키는 대로 습격받은 마력석 채집장에 오크 노예를 보내 다시금 마력 채집이 이루어지도록 했다.

하지만 그것만으로 피해가 메워지는 건 아니었다.

공격을 받는 동안 일하지 못했던 피해.

또한 죽은 만큼의 오크 노예를 다시 소환해서 보충해야 한다.

이러는 동안 적은 꾸준히 병력을 소환하여서 병력 구성을 더 탄탄하게 하고 있을 터였다.

"이제 상황이 어떻게 되는 거지?"

항우가 물었다.

이사는 실망감이 드는 자신의 감정을 숨기고 침착하게 설명했다.

"방금 받은 피해로 지금까지의 유리함이 다 사라져 버렸습니다. 물론 패배를 예상될 정도로 비관적이지도 않습니다만, 아주 중요한 순간에 힘이 빠졌다는 것이 타격이 큽니다."

"중요한 순간이라고?"

"예, 슬슬 휴먼이 강해지고 오크의 힘이 빠질 때입니다."

"병과 구성 때문이군."

"예, 마력이 풍족해졌으니 투석기와 마법사의 비중이 크게 늘어나겠지요. 석궁병이나 장창병 같은 값싼 병영 병력도 이제는 기사로 교체될 겁니다. 애당초 그런 값싼 병력은 시간 벌기용으로나 소모했을 뿐이니까요."

"시간 벌기라… 정말 그렇군."

항우는 그제야 지금까지 자신이 치른 교전이 전부 시간 벌기용이었다는 것을 깨달았다.

상대는 얼마든지 소모해도 상관없는 병력을 던져줘서 항우의 주의를 끌었던 것이다.

"반면에 우리는 비축했던 힘을 한번에 쏟아서 적에게 큰 피해를 입혀놓아야 하는 시점이었는데, 힘이 너무 빠져 버렸습니다. 지금까지 항우 님이 하셨던 싸움은 머릿수로 보면 이겼으나 병력의 값어치로 따지면 손해가 누적되었으니까요."

"끄응, 내가 잘못을 했구나. 그럼 이제 어찌하면 좋으냐?"

"가만히 기다려서는 좋은 상황이 나오지 않습니다."

"그럼?"

"크게 싸움을 벌여 승전을 거두어야 합니다. 확실하게 적에게 타격을 입히고 우리가 이득을 보는 싸움을 말입니다."

"잘 싸운다면 되는 일이군."

"하지만 아직도 걸림돌은 있습니다. 적에게 아직 2척 이상의 열기구가 남아 있습니다."

"그게 무슨 상관이냐?"

"더 이상 필요가 없어진 병영 병력을 열기구에 태워서 계속 우리 진영을 괴롭혀 올 거라는 점입니다. 그러면서 계속 시간을 끌려 하겠지요."

"야비한 수단만 쓰는군."

"똑똑한 겁니다."

"끙!"

항우는 지겹다는 듯이 고개를 휘휘 저었다.

"이는 전국시대에 조나라 명장 염파가 진나라 장수 왕흘을 속여 지구전을 만든 것과 같은 양상이구나."

"바로 그러합니다."

그때, 염파는 왕흘에게 전초전에서 세 차례의 승리를 내주며 기세등등하게 해주었지만, 그 대가로 지구전의 양상을 만들어 상대를 지지부진하게 만들었다.

"이신은 그때 당시의 젊고 경솔한 무장 조괄이 아닙니다. 철저한 수리적 계산으로 움직이며, 꾀를 내는 데 능수능란합니다. 절대로 먼저 밖으로 나와 싸워줄 리가 없습니다."

"호랑이를 잡으려면 호랑이굴로 들어가야지!"

"바로 그러기를 기다리고 있겠지요."

항우가 이야기한 염파와 왕흘의 싸움은 춘추전국시대의 유명한 전투였던 장평대전의 서막이었다.

진나라는 왕흘 대신 불세출의 명장 백기를 사령관으로 교체했다.

뿐만 아니라, 정치적 모략을 펼쳐 조나라의 명장 염파를 실각시키고 대신 젊고 경솔한 장수 조괄을 후임으로 앉혔다.

그 결과 백기는 조괄의 군대를 물리치고 조나라 포로 30만을 생매장시키는 희대의 학살극을 벌였다.

"이렇게 된 이상 어쩔 수가 없구나. 나는 전 병력을 끌고 놈과 결전을 치르겠다."

"……."

이사도 딱히 뚜렷한 대응책은 떠오르지 않았다.

항우의 용맹과 전투 지휘력이라면 어쩌면 해볼 만하다고 여겼다.

"얼마간의 오크궁기병을 남겨서 열기구를 통한 적의 기습을 막게 하고, 적을 쳐서 깨뜨리는 데 집중하겠다."

"그렇다면 저도 함께 가겠습니다."

"네가?"

항우가 놀란 얼굴로 물었다.

이사가 고개를 끄덕이며 나섰다.

"승부를 결판 지을 중요한 싸움입니다. 제가 항우 님의 곁에서 보좌하지 않고 무엇을 하겠습니까?"

"음, 좋다! 네가 옆에 있다면 더욱 든든하겠구나."

그 항우의 말에 이사는 깜짝 놀랐다.

항우가 그렇듯 남을 칭찬하는 경우는 드물었기 때문이었다.

어쩌면 이는 자신의 실책에 대한 사과의 의미인지도 몰랐다.

그것을 이사를 인정하는 말로서 대신한 셈이었다.

"중요한 건 한 번의 싸움이 아닙니다. 싸우는 중에도 계속 병력을 추가로 소환하여서 충당하여야 합니다. 어느 쪽이 더 잃은 병력을 빨리 보충하느냐가 승패의 관건이 될 겁니다."

"그래서 마력석 채집장과 건물의 숫자를 늘렸던 것이로군?"

비로소 항우도 이사가 펼쳤던 운영의 참뜻을 이해한 모양이었다.

"예, 적은 견고한 방어를 하고 있기 때문에 아군의 피해가 더 클 수밖에 없습니다. 이를 더 빠른 병력 충당으로 메꿔서 이겨내고자 했었습니다."

"하지만 타격을 입는 바람에 불리해진 것이군?"

"예."

"쯧……."

항우는 괜히 부끄러워 혀를 찼다.

이사가 사전에 귀 따갑게 들려준 이야기였는데, 그걸 이제야 이해하게 되었다.

항우라는 사람은, 몸으로 직접 체득하지 않고서는 소 귀에 경읽기처럼 납득을 못하는 인물이었던 것이다.

"그렇다면 이제 믿을 것은 항우 님의 용맹밖에 없습니다."

이사는 항우를 격려했다.

싸움을 앞뒀으니 이제는 항우의 기세를 북돋아주어야 한다는 판단이었다.

그 말에 항우는 예상대로 기세등등했다.

"알겠다! 내가 기필코 이 싸움을 승리로 만들 테니 똑똑히 지켜보아라!"

그렇게 항우와 이사는 전 병력을 끌고 출진했다.

*   *   *

"적이 움직였습니다!"

'나도 안다.'

질 드 레의 보고에 이신은 덤덤히 대꾸했다.

그 정도로 피해를 입혔으니 이제 상대방이 덤벼올 거라고 예상은 했다.

소위 말하는 '발끈 러시'였다.

열 받아서 홧김에 공격한다는 의미인데, 사실 상황을 잘 뜯어놓고 보면 어쩔 수 없는 선택이라고 할 수 있었다.

오크의 기마군단은 강력하다.

오크창기병과 오크궁기병의 조합은 근거리와 원거리가 조화를 이루면서 높은 기동성을 갖기 때문이다.

하지만 그 위력이 언제까지고 계속되지는 않는다.

바로 휴먼이 흥하는 후반이 바로 그것이다.

시간이 흐르면서 마력량이 충분해진 양 진영에 방어 시설도 점점 확충된다.

투석기와 마법사 같은 고급 병과의 숫자가 늘어난다.

그렇다면 항우의 진영으로서는 지금 승부를 보는 게 가장 나은 선택인 것이었다.

다만 이신이 그걸 알고 대비하고 있다는 것이 문제지만 말이다.

이신이 지시를 내리기 시작했다.

'11시나 12시 지역으로 적을 유도해라. 중요한 건 피해 없이 막는 게 아니라 적을 한 지점에 몰아넣고서 화력을 집중시켜 살아 돌아가지 못하게 하는 것이다.'

"옛!"

이신의 명령에 따라 질 드 레가 다른 사도들과 함께 활발하게 움직였다.

11시와 12시를 제외한 나머지 지역에 병력이 집중 배치되어서 항우를 유도했다.

전체적으로 넓은 그물망을 펼쳐놓고 항우를 몰아넣기 시작했다.

'오귀스트 마르몽.'

"예, 주군!"

사도 마르몽이 대답했다.

이신의 지령이 떨어졌다.

'항우가 다니는 모든 동선을 투석기의 사정거리로 만들어라.'

"옛!"

마르몽의 예술적인 투석기 배치가 시작되었다.

그리고 대혈전이 시작되었다.

전투는 항우가 석궁병 부대를 괴멸시키면서 시작되었다.

"이것밖에 안 되냐!"

여기저기서 쏟아지는 화살 비를 헤치고 들어가 적진을 헤집는 항우.

기세등등하게 싸움에서 이긴 항우는 그대로 10시 지역에 위치한 이신의 마력석 채집장에 당도했다.

하지만,

"끄응, 저긴 무리다!"

항우는 혀를 내둘렀다.

10시는 출입구에 화살탑 3개가 버텨 섰고, 그 뒤로 투석기들이 도열해 있었다.

설사 저곳을 깬다 해도 막심한 피해가 있을 게 불 보듯 뻔했다.

"좀 더 허술한 곳을 찾아보자!"

"너무 깊숙이 들어가는 게 아닙니까?"

"어차피 결판을 지어야 한다. 한 번 칼을 뽑아 든 이상 뒤는 없다!"

"그렇다면 조금도 시간을 지체하지 마시고 노예만 죽여 일을 못하게 한 뒤에 즉시 빠져나가야 합니다."

"알겠다!"

이사의 조언을 받으며, 항우는 11시로 향했다.

이신의 유도대로였다.

'11시는 그냥 내줘라.'

'서영은 기사단과 함께 12시 방면으로.'

'이존효는 그리핀 편대와 함께 계속 적 동태를 정찰.'

'질 드 레는 10시 방면에서부터 병력을 끌어올려 포위망을 굳혀라.'

이신은 11시를 통째로 미끼를 던져서 항우를 몰아넣는 데 성공했다.

12시 쪽에서 서영이, 10시 쪽에서 질 드 레가 군세를 끌고 올라와 물샐 틈 없는 포위망이 형성되었다.

이어서 마르몽 또한 투석기를 곳곳에 배치해서 항우의 군세를 향해 바위를 쏘았다.

"이놈들! 어디 덤벼봐라!"

11시를 완전히 파괴해 버린 항우는 남은 군세를 끌고서 필사의 돌파를 시도했다.

이존효와 서영, 그리고 질 드 레까지 합세해서 그에게 덤볐다.

"저놈만 죽이면 된다!"

[계약자 이신의 사도 하급 악마 이존효가 능력 광기를 사용합니다.]

[주변 아군이 광기에 휩싸여 공격력이 크게 강화되었습니다.]

이존효가 능력까지 펼쳐서 덤볐다.

치열한 육박전!

창칼이 부딪칠 때마다 굉음과 함께 불꽃이 튀었다.

셋이서 덤볐음에도 항우의 기세는 죽지 않고 도리어 더 치열해졌다.

셋 중에 가장 약한 질 드 레가 점점 밀려나 형세가 위태로워졌다.

"죽어!"

항우는 그 틈을 놓치지 않고 득달같이 창을 찔렀다. 그와 동시에,

푹—

히히힝!

콜럼버스의 마비침이 오추마에게 적중되었다.

항우가 크게 주춤거리는 틈을 타서 질 드 레는 황급히 물러났고, 이존효와 서영이 달려들었다.

항우는 하늘을 올려다보며 탄식했다.

'한신에게 포위당했던 때가 생각나는구나. 그때도 사면초가에 살아날 틈이 없더니……'

주위를 둘러보니 무아지경으로 싸우는 틈에 어느덧 이사도 아군 병사들도 보이지 않았다. 모두 전사한 것이었다.

항우는 한숨을 쉬었다.

'하늘이 망하게 한 게 아니라 내가 스스로 망한 거다.'

그것은 진심에서 나온 반성이었다.

콰지직─!

[악마군주 아미님의 계약자 항우 님께서 패배를 선언하셨습니다. 악마군주 그레모리 님의 승리입니다.]

[악마군주 그레모리 님께서 마력 5만을 획득하셨습니다.]

[마력 총량 42만 9천으로 악마군주 그레모리 님께서 서열 53위가 되셨습니다.]

[마력 총량 34만 1천으로 악마군주 아미 님께서 서열 56위가 되셨습니다.]

마력 5만이 오간 큰 배팅의 서열전.

그 결과 그레모리는 서열이 두 계단 상승했고, 반대로 아미는 두 계단 하락하게 되었다.

제10장

공허

패장은 말이 없었다.

항우는 말없이 고개를 숙이고 있을 뿐이었다.

반면 이사는 분한 얼굴로 이신을 노려보고 있었다.

자신의 뜻대로 이루어졌더라면 이렇게 허망하게 지지는 않았을 거라고 말하는 듯한 표정이었다.

하지만 승자가 된 이신 역시 꽤나 놀란 눈치였다.

'항우는 정말 강하군.'

조아생 뮈라와 충분히 모의전을 가져서 익숙해졌다고 생각했는데, 항우의 무력은 실로 역사에 길이 명성을 떨칠 만했다.

사도 셋이 합세해서 덤볐는데도 당해내지 못했던 것이다.

사전 계획대로 콜럼버스의 마비침을 저격용으로 활용하지 않았더라면 어찌 될지 알 수 없었을 터였다.

　'완벽하게 코너로 몰아넣고 두들겨 팼는데도 위험했다.'

　작전은 마지막까지 완벽하게 먹혔다.

　항우의 군세를 11시 구석으로 몰아넣고서 완전히 밀봉시켜 버렸다.

　이리저리 치고 다니며 소모전을 펼쳤으면, 기동성에서 밀려 한 지점에 화력을 집중시킬 수 없는 이신이 불리할 뻔했다.

　그래서 불가피하게 마력석 채집장 하나를 통째로 내주면서 항우를 몰아넣은 것이다.

　"아까웠다."

　이신은 항우에게 다가가 손을 내밀었다.

　항우는 어이가 없었지만 이내 쳇 하고 혀를 차고는 마지못해 손을 맞잡았다.

　"또 마주쳤을 땐 네놈이 패하게 될 것이다."

　"기대하지."

　이어서 악마군주 아미가 소원을 물었고, 이신은 당연히 마력이라고 이야기했다.

　악마군주 아미는 점성술과 학예에 조예가 있고 적을 불태워 죽이기도 하며, 충실한 패밀리어를 제공해 주기도 한다고 했다.

　하지만 이신은 그 어떤 것도 흥미가 없었다.

　"하는 수 없지……."

특유의 음울한 말투와 함께, 악마군주 아미는 이신에게 마력을 제공했다.

마력 총량의 1%인 3,410마력!

[마력: 13,871/13,871]

'이제는 마력을 달리 쓸 데가 없군.'

이미 사도 5인에게 무기·방어구·능력을 부여했고, 하급 악마로 만들어주며 권속으로 삼기도 했다.

이제는 더 마력을 쓸 데가 없었다.

'마력에 여유가 생기면 사도들을 중급 악마로 만드는 것도 생각해 봐야겠군.'

중급 악마가 되어서 자신의 치유 능력이 더 발전한 것처럼, 사도들의 능력도 더 진화할 테니 충분히 가치가 있었다.

하지만 중급 악마가 되려면 마력 1만이 넘어야 하므로, 당분간은 사도들에게 마력을 쓸 일이 없어 보였다.

악마군주 아미 일행이 돌아가 버리고, 그레모리가 다가와 기쁜 얼굴로 말했다.

"또 이겼네요, 정말 수고 많으셨어요."

"배팅이 큰 판에서 이겨서 다행입니다."

"네, 덕분에 52위로 서열이 껑충 올랐어요. 이 기세라면 10위권까지도 몇 년 안 걸리겠어요."

"그렇게 쉬울 거라고 생각되진 않지만 아무튼 열심히 하겠습니다."

"호호, 카이저만 믿을게요."

*   *   *

현실로 돌아왔을 때 생소한 방의 풍경에 이신은 깜짝 놀랐지만 다행히 금방 사태를 파악할 수 있었다.

'아, 이사 왔었지.'

현실로 따지면 어제 막 용인의 저택에 이사를 와서 하루를 보냈다.

그러고서 마계에서 오래 있다가 왔으니 당연히 새로운 방 풍경이 생소할 수밖에 없었다.

그리고…….

'내일이 4강전이군.'

오늘은 빡세게 훈련을 해야 할 듯싶었다.

마계에 있는 동안 게임에서 손 놓고 있었던 후유증도 극복해야 하고 말이다.

하지만 이런 일이 워낙 빈번해서 금방 감각을 되찾을 자신이 있는 이신이었다.

잠깐 마당에 나오니 꽃이 가지런히 정돈된 정원에 아침햇살이 내리쬐는 예쁜 풍경이 비춰졌다.

마침 정원 한가운데에 그네가 보여서 거기에 앉았다.

흔들거리는 그네에서 가만히 눈을 감고 바람을 쐈다.

확실히 나이가 들긴 한 것 같았다.

1분 1초도 무의미하게 보내는 게 싫었던 이신은 이제 조용히 시간을 흘려보낼 줄 알게 되었다.

현실과 마계를 오가며 쉴 새 없이 승부를 치렀기 때문인지도 몰랐다.

'지친 건가?'

최환열이 은퇴를 결심했을 때가 생각났다.

그때 최환열은 허심탄회하게 이야기했다.

지쳤다고.

널 이길 자신이 없다고.

강한 상대를 만날수록 더욱더 독하게 훈련했는데, 이제는 그럴 연료가 고갈된 것 같다고.

그래서 은퇴한다고…….

그 말에 덜컥 겁이 났었던 기억이 떠오른다.

언젠가는 자신 역시 저렇게 될 거라고 말이다.

이신은 고개를 저었다.

'설마.'

아직 난 지치지 않았다.

그 누구도 나를 이기지 못할 것이다.

4강전의 상대 진철환은 어렵지 않은 상대였다.

결승전에 차이가 올라오든 박영호가 올라오든 두렵지 않았다.

위협을 느끼긴 하지만 이길 수 없다는 생각은 전혀 들지 않는다.

언젠가는 추월당한다 해도 아직은 아니다.

그런데 왜일까?

왜 이렇게 나는 텅 빈 것처럼 공허한가.

"뭐하세요?"

문득 앞에서 들리는 목소리에 이신은 고개를 들었다.

주디는 부스스한 잠옷 차림 그대로 마당에 나와 있었다.

창밖에 보이는 이신을 발견하고는 따라 나온 모양이었다.

"아무것도 아냐."

이신은 그네에서 일어섰다.

함께 안으로 들어가면서 주디가 문득 말했다.

"왠지 쓸쓸해 보였어요."

이신은 흠칫 놀랐다. 정확히 짚었기 때문이었다.

"글쎄, 왜 그런지 모르겠어. 오늘따라 기분이 이상하군."

주디는 그런 이신의 손을 잡았다.

그레모리의 공격적인 스킨십에 익숙해진 탓에 이신은 딱히 그 손길이 어색하게 느껴지지 않았다.

"힘내세요."

"그래."

이신은 피식 웃었다.

하지만 문득 떠오르는 생각.

무엇을 위해 힘내야 한단 말인가?

*   *   *

그날 하루는 연습실에도 가지 않고 장양과 함께 죽기 살기로 훈련했다. 장양 또한 이신의 4강전 준비를 돕기 위해 특별히 출근하지 않았다.

마계에 머물다 온 공백기가 무색하게도 이신은 첫판부터 승리를 장식했다.

이에 자극받은 장양이 발동이 걸린 듯 거세게 덤벼왔고, 치열한 접전이 펼쳐졌다.

'진철환은 공격적인 플레이로 올해의 자기 스타일의 가닥을 잡았다.'

시즌이 바뀌고 트렌드가 바뀌면 마땅히 선수들의 스타일도 조금씩 달라진다.

기본적으로 가지고 있는 자기 개성은 변함없지만, 그 틀에 맞춰서 조금씩 자신을 바꾼다.

변하지 않으면 살아남지 못하기 때문에 프로들은 마땅히 그렇게 한다.

그렇다면 이신은 공격적인 괴물 스타일에 대비하여 준비해야 했다.

장양은 이에 딱 걸맞은 연습 상대였다.

격렬하게 피 흘리는 격전을 거듭하면서 이신은 완전히 공백기를 극복했다.

조금씩 발톱을 드러내면서 보다 공격적으로 나서기 시작했다.

"와……! 난 정말 아직 멀었어."

존이 멍하니 이신의 플레이 화면을 바라보며 중얼거렸다.

감탄하기는 차이도 마찬가지였다.

"장양이 저렇게 밀리는 모습은 보기 힘든데."

두 사람은 하루 일정을 마치고 귀가하자마자 이신과 장양의 게임을 구경 중이었다.

"왜, 선생님한테는 자주 밀렸잖아."

"평소에는 주로 운영이나 타이밍에서 밀린 거지. 저렇게 같이 공격적으로 나오면서 맞불을 놨는데 장양이 밀리고 있잖아."

"듣고 보니 그러네."

플레이가 원채 공격적인 장양의 플레이는 이신을 보며 게임에 입문한 영향이 컸다.

그런 장양이 가장 좋아하는 상대는 자신과 비슷하게 공격적인 적이었다.

공격적인 만큼 싸움을 잘 받아주기 때문.

컨트롤.

순간 판단.

이 두 가지가 기계처럼 완벽한 장양은 전투에서 지는 법이 거의 없었다.

적 병력 규모를 슥 보고, 이길 수 있는지 없는지를 한눈에 견적 내리는 장양의 재능은 그만큼 무서웠다.

그것만큼은 이미 이신을 능가했다고 봐도 좋을 정도였다.

그런데 오늘의 이신은 달랐다.

광전사의 혼이 빙의된 것처럼 미친 듯이 싸워댔다.

싸울 듯 말 듯 약 올리며 유혹하는 특유의 움직임이 없어졌다.

그냥 적을 만나면 무조건 달려들었다.

덕분에 총성과 유혈이 끊이질 않아서, 존과 차이는 두 사람의 연습 게임에서 눈을 떼지 못했다.

"게임 진짜 재미있다."

"계속 싸워대니까 지루할 틈이 없어."

저 장양이 밀려났다.

난폭하게 밀어붙이는 이신의 플레이에 압도되었다.

확장과 물량이 강점인 괴물이 날개를 펼칠 틈이 없었다.

이신은 계속 여기 저기 몰아붙이며 상대의 확장 기지를 부쉈다.

장양은 완전히 압도당한 채 GG를 선언할 수밖에 없었다.

"수고했어, 잠깐 쉬자."

이신은 이어폰을 빼고 일어섰다.

"컨디션 좋아 보이는데요?"

"컨트롤 정말 좋았어요."

존과 차이가 와서 찬사를 늘어놓았다. 괜히 빈말을 하지 않는 제자들이기에 그 찬사는 진심이었다.

이신은 희미하게 미소를 지었다.

"준비는 완벽해."

"그럼 저도 이제 슬슬 선생님을 결승전에서 만나기 위해 연습해야겠네요."

차이가 자신만만하게 말했다.

그런 차이에게 옷을 갈아입고 나온 주디가 핀잔했다.

"옷이나 갈아입어, 밥 먹어야지."

"알았어."

"존, 너도."

"네~!"

두 소년은 후다닥 2층에 있는 자기 방으로 올라갔다.

주디는 문득 이신을 바라보았다.

장양이 맥을 못 출 만큼 컨디션이 완벽한 이신이었다.

그런데도 그의 기분이 별로 안 좋아 보이는 이유는 왜일까?

'어디 아픈 건 아니겠지?'

주디는 이신이 걱정되지 않을 수 없었다.

＊　　　　＊　　　　＊

―2021년 전반기 개인리그 4강 1경기! 올도어SCC 인류 제국의 황제 이신과 JKT 괴물 제국의 황태자 진철환이 마침내 만났습니다!

　―e스포츠를 오랫동안 군림해 온 신에게 도전하는 진철환 선수의 험난한 여정이라고 할 수 있겠습니다.

　―예, 그렇습니다! 우선 선수들의 인터뷰부터 보시죠!

　경기장의 대형화면에 동영상이 재생되었다.

　먼저 화면에 나타난 선수는 진철환.

　경기에 앞서 미리 녹화해 놓은 인터뷰 영상을 재생하는 것이었다.

　―오늘 컨디션이 어떠신가요?

　―나쁘지는 않은데, 사실 좀 긴장이 되기도 합니다. 아무래도 상대가 상대이니까요.

　―이렇게 큰 무대에서 이신 선수를 만났으니까 당연히 부담이 되실 수 있을 텐데요, 이신 선수를 어떻게 생각하십니까?

　―명실상부한 역사상 최고의 프로게이머에게 감히 제가 뭐라고 평가내릴 수 있을까요? 제가 앞으로 만날 수 있는 최고의 상대라고 생각합니다. 하지만…….

　진철환은 자신감 넘치는 얼굴로 말을 이었다.

　―질 생각으로 이 자리까지 올라온 것은 아닙니다. 반드시 이기고 결승 갈 겁니다.

도전적인 진철환의 인터뷰가 끝나고,

"꺄아아아아아아악!"

"오빠─!"

자지러지는 비명 소리가 경기장을 가득 채웠다.

이신의 등장이었다.

언제나처럼 변함없이 잡티 하나 없는 피부와 조각같이 대칭이 완벽한 이목구비.

검정색의 팀 유니폼을 기가 막히게 잘 소화하는 모델 같은 아우라.

이신으로 가득 채워진 대형화면은 그것만으로도 호사스러울 정도로 아름다운 영상미가 느껴졌다.

─진철환 선수에 대해 평가를 짧게 내리자면?

─제법.

─아, 정말 짧네요.

"하하하!"

"진짜 짧다, 깔깔!"

관객들이 웃음을 터뜨렸다.

역시나 한결같은 이신의 성격이었다.

─그럼 이번 경기는 어떤 식으로 흘러갈 것 같습니까?

이신은 잠시 고민하다가 답했다.

─피 튀는 혈투가 될 겁니다. 그리고…….

이신의 인터뷰는 마지막 한마디로 마무리 지어졌다.

―결국 제가 이기겠죠.

*　　　　*　　　　*

1세트, 맵은 새벽별.

화성(火星)을 본떠 만든 맵에서 대결이 시작되었다.

―이신 선수의 인류 진영은 11시, 이에 맞서는 진철환 선수의 괴물 진영은 1시입니다.

―서로 아주 가까운 거리죠. 가로 거리가 아주 가까운 맵이기 때문에 초반에 기습 전략도 곧잘 나오곤 했습니다.

―예, 특히나 재미있는 기록이 있는데, 이 새벽별 맵에서 가장 승률이 높았던 선수가 바로 이신 선수이고, 2위가 최환열 코치입니다.

―하하하, 그만큼 진철환 선수의 부담감도 아주 클 겁니다. 하지만 당연히 더욱 철저하게 준비를 해왔겠죠?

―예, 과연 이 맵에서 최다승과 최고승률을 보유 중인 이신 선수를 상대로 진철환 선수가 과연 어떻게 게임을 풀어나갈지 지켜봐야겠습니다.

―아! 말씀드린 순간, 이신 선수가 나갑니다!

―예, 이신 선수가 칼자루를 일찍 뽑아 들었습니다.

이신은 8병영 빌드를 시도했다.

8번째 건설로봇으로 곧바로 병영을 지어서 기습적인 치즈러시를 하겠다는 의도였다.

건설로봇 2기를 양방향으로 정찰 보내 진철환의 위치를 확인.

―가까운 위치에 있는 걸 확인했습니다.

―새벽별 맵에서 이신 선수는 치즈러시로 상당히 많은 전과를 올렸습니다. 당연히 진철환 선수도 이에 대한 대비를 했을 텐데요, 과연 얼마나 잘 막을지 한번 보죠!

그리고 마침내, 건설로봇이 진철환의 앞마당에 참호를 짓기 시작했다.

앞마당에 건설 중이던 부화실 바로 옆에 말이다.

저 참호 안에 보병이 들어가서 총을 쏘면, 부화실은 꼼짝없이 파괴되는 것이었다.

―진철환 선수도 일벌레를 대거 끌고 나옵니다!

일벌레들이 우르르 앞마당으로 나와 방어에 동원되었다.

이신은 보병 3명과 건설로봇 3기로 공격을 시작했다.

―투타타타타타!

―키엑!

삽시간에 일점사로 일벌레 하나가 사살!

건설로봇들까지 일시에 붙어 공격했기 때문에 따낸 득점이었다.

"꺄아아아아아아악!!"

"꺄아아악! 이신 오빠!"

환호성이 울려 퍼졌다. 관객들은 대다수가 이신의 편이었다.

건설로봇들이 일벌레들을 기가 막히게 블로킹.

보병들은 세 갈래로 흩어지더니 다시금 일벌레 하나를 추가로 잡았다.

—키엑!

일벌레가 2마리째 사살되자

진철환의 표정이 썩어 들어갔다.

보병들이 너무 잘 도망가자, 진철환은 일단 참호를 짓고 있는 건설로봇을 노렸다.

하지만 그마저도 쉽지 않았다.

공격받는 건설로봇이 건설을 중단하고 도주.

다른 건설로봇이 즉시 이어받아서 참호를 계속 짓는다.

그러면서 달아났던 보병들도 돌아와 일벌레를 다시 공격했다.

건설로봇들은 일벌레들의 앞길을 계속 막아서면서 서로를 수리했다.

—정말 정교한 컨트롤입니다! 진짜 사람이 아니에요!

—컨트롤 정말 징그럽습니다! 진철환 선수도 저런 상황을 참 많이 연습했을 텐데……!

결국 참호가 완성되었다.

보병들이 참호 안으로 속속히 들어갔다.

진철환이 할 수 있는 일은 일벌레를 전부 본진으로 대피시키는 것뿐이었다.

—투타타타타타타!

참호 안에 들어간 보병들이 옆에 있는 부화실을 향해 총을 난사했다.

진철환의 앞마당 확장 기지는 자원 한 번 못 캐보고 박살 나게 생겼다.

—아, 방어 실패!

—정말 컨트롤이 압도적입니다!

—아직 진철환 선수도 희망이 남아 있습니다. 앞마당 부화실이 부서지기 전에 바퀴로 저걸 걷어내기만 하면 돼요!

이신은 공격적이었다.

건설로봇들까지 일제히 부화실에 붙어서 공격을 했다.

진철환은 침착하게 바퀴를 생산해 모았지만, 바로 그때였다.

—와아아! 건설로봇을 추가로 끌고 왔습니다!

—아주 끝장을 보겠다는 거죠!

보병 1명과 건설로봇 4기가 추가로 몰려와 공격에 합류한 것이다.

설마 그렇게까지 할 줄을 몰랐기 때문에 진철환은 크게 당황했다.

결국,

—푸하아악!

앞마당 부화실이 파괴되었다.

목적을 달성한 이신은 건설로봇을 1기만 빼고 전부 본진에 되돌려 보냈다.

—정말 과감한 결단입니다. 바퀴를 모으면서 타이밍을 재던 진철환 선수가 그냥 아무것도 못 해보고 앞마당을 잃었어요.

—거기서 추가로 일꾼을 더 동원할 줄을 누가 알았겠습니까.

—아, 진철환 선수 망연자실한 표정!

진철환은 결국 썩은 표정으로 GG를 쳤다.

단단히 준비를 하고 나온 진철환이었지만 출발이 최악이었다.

하지만 진철환의 수난은 끝나지 않았다.

—또?!

그랬다.

—와아! 이신 선수 또 8병영!

2세트, 맵은 신의 귀환.

이신은 보란 듯이 다시 한 번 8병영 빌드를 꺼내 들었다.

—이건 마치 진철환 선수를 자극하는 겁니다. 1세트 보니까 너 이거 못 막더라? 다시 해볼게 한번 막아봐! 뭐, 이런 거죠!

—한 번 더 치즈러시를 해오리라는 것을 진철환 선수가 알까요?

—아, 모르죠! 이번에도 12앞마당을 택했습니다.

진철환은 1세트와 마찬가지로 12마리까지 일벌레를 뽑은 뒤에 앞마당에 확장 기지를 펼치는 빌드 오더를 실행했다.

괴물의 정석 중의 정석.

치즈러시가 무서워서 이걸 못해서야 말이 되지 않았다.

앞마당에 또다시 건설로봇이 참호를 짓기 시작하자, 진철환의 안색이 창백해졌다.

이를 악문 진철환은 다시 일벌레 다수를 동원해 방어에 나섰다.

보병과 건설로봇을 함께 끌고 온 이신과 다시 한 번 뒤얽혀 싸우기 시작했다.

―키엑!

―으악!

이번에는 이를 악물었기 때문일까.

일벌레가 죽고 이신의 보병도 1명 사망했다.

하지만 다른 1명의 보병을 잡기 위해서 일벌레들이 한바탕 술래잡기를 해야 했다.

체력이 많이 닳은 보병은 끊임없이 요리조리 도망 다니며 아슬아슬한 상황을 연출했다.

―진철환 선수의 대처가 이번에는 아주 좋았습니다! 그런데!

―하하하, 저 보병 하나를 못 잡고 자꾸 시간을 내주네요.

―이러는 동안 참호가 완성됩니다!

해설진의 말대로였다.

보병이 끊임없이 도망 다니며 일벌레들을 끌고 다니는 사이, 앞마당에서 참호가 완성되었다.

―진철환 선수! 저 보병을 기필코 죽여야 합니다!

―참호에 들어가게 놔둬선 안 돼요!

병영에서 생산된 보병이 추가로 합류했다.

진철환은 기를 쓰고 일벌레를 컨트롤했지만,

—키엑!

—키에엑!

이신은 귀신같은 컨트롤로 일벌레 2마리를 잡아냈다.

보병으로 유인하고 건설로봇으로 공격하는 형태로 컨트롤을 한 것이었다.

그러면서 보병들은 시계 방향으로 우회하며 일벌레를 따돌리고 참호 안으로 들어갔다.

—투타타타타타!

—키엑!

참호 안에서 총을 갈기는 보병들.

일벌레 하나가 총에 맞고 또 사살되었다.

—아……!

—이번에도 막지 못하는 진철환 선수. 이건 심리적인 타격이 꽤 크겠는데요.

이번에는 바퀴들이 생산되자마자 일벌레와 함께 총동원되어 참호를 공격하는 진철환.

하지만 이신은 끝까지 건설로봇들로 블로킹하고 참호를 수리하며 시간을 끌었다.

—퍼어엉!

참호가 파괴되고 안에 있던 보병들도 죽었지만, 진철환은 이미 만신창이였다.

이신은 곧바로 2항공 빌드로 전환.

항공정거장 2채에서 스텔스 전투기를 생산해 진철환을 계속해서 흔들었다.

너무 큰 피해를 입은 나머지 스텔스 전투기에 대비하지 못한 진철환은 계속 흔들리다가 탈진한 얼굴로 GG를 쳤다.

—진철환 선수 GG!!

—스코어가 2대 0! 치열한 접전을 예고했었습니다만, 불과 2세트 만에 진철환 선수가 궁지에 몰려 버렸습니다.

—2연속 치즈러시를 감행한 이신 선수의 결단이 정말 대단했습니다. 아픈 곳을 때린 것도 모자라서 때린 데를 또 때렸어요!

—승부의 무대로 올라왔을 때 정말 무섭게 변하는 이신 선수입니다. 자비가 없습니다!

—이대로 피눈물을 흘리며 끝날 것인지, 아니면 3세트부터 다른 본때를 보여줄 것인지, 진철환 선수 이대로 끝나서는 안 됩니다! 보여줘야죠!

*　　　　　*　　　　　*

2세트를 마치고 선수 대기실로 돌아왔을 때, 최환열은 덤덤한 표정의 이신을 보며 물었다.

"왜 그렇게 맥 빠진 얼굴이야?"

"내가?"

이신이 의아한 얼굴로 되물었다.

"별로 의욕이 없다는 표정인데. 평소답지 않게."

"…그냥."

이신은 자리에 앉아 물을 마셨다. 그리고 나직이 말을 이었다.

"너무 쉽네."

"이겨도 불만이냐, 넌?"

"불만은 없어. 그냥 재미가 없어."

"쯧쯧, 아주 중증이다 중증. 하도 이기기만 하니까 중2병이라고 걸렸냐?"

"형도 나처럼 이기기만 해봐."

그 말에 최환열은 울컥했다.

사람 열 받게 하는 재주를 타고난 이신이었다.

"그래서 3세트는 어떨 것 같아?"

"게임 끝내려고. 일찍 집에 가자."

이신은 가볍게 말했다.

하지만 최환열은 이신이 내심 실망하고 있다는 것을 알아차렸다.

치열한 난투를 바랐던 이신이지만, 생각보다 약한 진철환의 대응력에 투지를 잃은 것이다.

물론 이렇듯 허무하게 상대를 핀치로 몰아넣은 데는 이신의 2연속 치즈러시 때문이었다.

그걸로 진철환이 뭘 해보기도 전에 날개를 꺾고 멘탈도 꺾었다.

하지만,

'박영호였다면 저렇게 맥없이 무릎 꿇지는 않았겠지.'

1세트에서 치즈러시에 제대로 대응 못하고 약한 모습을 보여 버린 진철환의 잘못이었다.

프로리그에서는 치즈러시를 당해도 곧잘 막는 진철환.

하지만 개인리그 4강이라는 큰 무대는 중압감이 전혀 달랐다.

그런 큰 무대에서 기습을 당하자 평소처럼 잘 막지 못하고 흔들린 것이다.

심리전의 귀재인 이신은 진철환의 흔들리는 심리를 귀신같이 알아차렸다.

그래서 2세트 때 똑같이 또 찔러 버린 것이다.

두 차례나 당해 버렸으니 아마 지금쯤 멘탈이 나갔을 것이다.

마음 다잡고 실력 발휘를 하려고 하겠지만, 이미 컨디션은 정상이 아닐 것이다.

치열한 접전 끝에 진 것과 뭘 해볼 틈도 없이 맥없이 진 것은 큰 차이가 있으니까.

"이신 선수, 준비해 주세요!"

경기장 스태프가 들어와 말했다.

"다녀올게."

이신은 자리에서 일어섰다.

최환열은 무대로 다시 향하는 이신을 격려했다.

"그래도 방심하지 말고."

"안 해."

그렇게 이신은 승부를 끝내 버리러 떠났고, 곧 3세트가 시작되었다.

3세트, 은하수.

―1, 2세트를 모두 이신 선수의 치즈러시에 내줘버린 진철환 선수! 하지만 아직 끝난 건 아닙니다.

―예, 다행히 3세트는 맵이 괜찮습니다. 은하수는 인류 대 괴물의 승률이 2 대 6으로 괴물에게 유리한 맵이거든요.

―그렇습니다. 하지만 역시나 유리한 맵이라고 방심할 수는 없죠. 왜냐면 그 종족 간 승률 2 대 6에서 2는 거의 이신 선수가 올린 거거든요!

―그렇죠. 이 은하수에서 가장 승률이 높은 사람은 박영호 선수고요, 2위가 황병철 선수, 그리고 3위가 바로 이신 선수예요!

―이렇게 보니까 정말 진철환 선수 입장에서는 진절머리가 날 것 같아요. 아니, 무슨 인류가 괴물 맵에서 승률 3위를 기록합니까?

―뭐, 신이니까요. 그것 말고는 할 말이 없네요.

―하하하!

분위기가 기운 탓일까.

해설진은 어느덧 흥이 나서 이신을 띄워주기 시작했다.

그렇게 경기가 시작되었다.

『마왕의 게임』 12권에 계속…

초대형 24시 만화방

신간 100%, 샤워실, 흡연실, 수면실(침대석), 커플석, 세탁기 완비

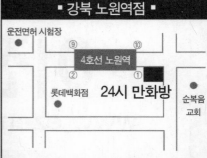

■ 강북 노원역점 ■

서울 노원구 상계동 340-6 노원역 1번 출구 앞 3층
02) 951-8324 (화용빌딩 3층)

■ 일산 정발산역점 ■

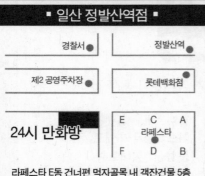

라페스타 E동 건너편 먹자골목 내 객잔건물 5층
031) 914-1957

■ 일산 화정역점 ■

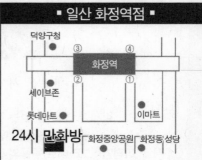

경기도 고양시 덕양구 화정동 984번지 서일빌딩 7층
031) 979-4874 (서일사우나 건물 7층)

■ 부천 역곡역점 ■

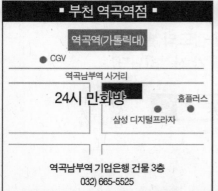

역곡남부역 기업은행 건물 3층
032) 665-5525

■ 부평역점 ■

(구) 진선미 예식장 뒤 보스나이트 건물 10층
032) 522-2871

검자 新무협 판타지 소설

FANTASTIC ORIENTAL HEROES

목탁

해적으로 바다를 누비던 청년,
절해고도에 표류해… 절대고수를 만나다!

"목탁은 중생을 구제하는
좋은 이름일세."

더 이상 조무래기 해적은 없다!
거칠지만 다정하고, 가슴속 뜨거운 것을 품은

목탁의 호호탕탕 강호행에
무림이 요동친다!

Book Publishing CHUNGEORAM